責任を取って結婚したら、美貌の伯爵が離してくれません

第一章　事故です。誤解なんです。許してください。

カナリーは息を殺して、足音を忍ばせて廊下を歩いていた。

向かうのは父の書斎だ。先ほど馬車が出ていったのが窓から見えたので、きっと父は不在だろう。

その隙を縫って、書斎からこっそりとインク壺を持ち出すのがカナリーの目的だった。

音を立てないように気をつけて扉を開き、書斎へ侵入する。

たしか、インク壺の予備は棚の中にあったはず。

そっと棚の扉を開きインク壺を取り出したところで、書斎の中に誰かが入ってきた。

「やっと部屋から出てきたわね、カナリー」

「ひっ、お母様!?」

最も見つかりたくなかった人間に声をかけられて、カナリーはビクッと身体を震わせた。

書斎の入り口を封鎖するように仁王立ちしたカナリーの母は、美しい金の髪を一分《いちぶ》の隙なく結い上げている。子爵夫人に相応《ふさわ》しい格のドレスを着こなし、威圧的な眼差しでカナリーを睨みつけていた。

「な、何のご用でしょうか、お母様」

対するカナリーは、子爵令嬢とは思えないほどみすぼらしい。

母そっくりの金の髪は、まったく手入れされておらずボサボサだ。邪魔にならないよう三つ編みにしているものの、その編み方も非常に雑で左右が揃っていない。

目の下には濃いクマがくっきりと浮かんでおり、服装は使用人と見間違うほど、飾りのない簡素なワンピースだ。

「ティルモ伯爵家で行われた夜会についてです。出席するように言ったわよね？」

「お母様。私は行かないとはっきり断りました。今後も夜会に出るつもりはありません」

この問答はすでに何度も繰り返していた。

夜会の招待状が届くたびに、出席しろと母が怒鳴り、行かないとカナリーが意地を張る。

今回も母が勝手に出席の返事をして、カナリーが夜会をすっぽかしたのだ。

「カナリー、いい加減にしなさい！　あなたはもう二十歳なのですよ!?　いつまでも部屋にひきこもって魔術の研究ばかりしていないで、結婚相手を見つけなさい！」

母の小言も、もう耳にタコができるほどに聞き飽きている。

たしかに彼女の言う通り、この年で婚約者候補のひとりもいないというのは、貴族令嬢として危機的状況だった。

貴族令嬢の避けられない運命といえば、政略結婚である。同じ年頃のご令嬢が着飾ってパーティに参加し、目の色を変えて条件のいい婚約者を探す中、カナリーは自室から一歩も出ることなく、ボサボサ頭で研究を続けていた。

研究を理由に夜会に出席しないカナリーについたあだ名は、『魔術狂い』だ。

こんな変わり者の令嬢に縁談など来るはずもなく、この先結婚できないことは目に見えていた。

それでも、カナリーは夜会に参加する気は欠片《かけら》もなかった。

「嫌です、私は結婚なんてしませんっ！　魔術師になって職業婦人として生計を立てるんです！」

「いつまでそんな夢みたいなことを言ってるの！　いい加減、目を覚ましなさい！」

母との言い合いは、いつだって平行線だ。

彼女の言い分が正しいのだとカナリーだって理解しているが、それでも魔術の研究をしていたいのだ。

これ以上の話は無駄だと考えたカナリーは、インク壺を抱えて素早く母の脇をすり抜けた。

「あっ、待ちなさい、カナリー！」

背後から母が追ってくる気配がして、カナリーは急いで自室へと滑り込んでドアを閉じる。

すぐさまドンドンと扉を叩く音が聞こえるが、ここまで逃げ込めばもう安心だ。

カナリーの自室の扉には、彼女以外が部屋に入れないように自作の魔法陣が描かれていた。

いつもは安全地帯であるこの部屋から出ないようにしているのだが、部屋に溜め込んでいたインクが切れてしまった。だから、父の書斎にこっそり取りに来たのだ。

「……私は魔術師になるんだから」

カナリーが研究を続けている転移魔術。これが完成すれば、きっと母だってカナリーの実力を認めてくれる。

鳴り続けるドアの音に背を向けて、カナリーは描き途中だった魔法陣へ向き直った。


「やっと！　やっと完成したわ！」

カナリーは、描き終わった魔法陣を前に拳《こぶし》を突き上げて喜びの声を上げた。

カーテンを閉め切った薄暗い部屋の中には、昼だというのに魔道ランプの明かりが灯《とも》っている。

床には羊皮紙《ようひし》や魔石が散乱し、本が乱雑に積み上げられたままだ。

それだけ、カナリーはこの研究に集中していた。

「座標指定、バラチエ家の庭。空間安定の陣と魔力増幅の陣も上手く組み込めたし、魔力の途切れもない。私の理論が正しければ、これで転移魔術が起動するはず」

何度も修正を繰り返した魔法陣の中心に手を当てて、カナリーは深呼吸した。

緊張で速くなる鼓動を抑えて、魔法陣の中心に魔力を流し込む。

前回はこの段階で失敗した。無理に多くの陣を組み込んだ結果、上手く魔力が流れずに途中で術式が中断してしまったのだ。

（やった！　魔法陣が反応してる！）

魔力がぐんぐん吸い取られるのを確認して、カナリーは喜色を露《あら》わにした。

だが、成功の手ごたえを感じて嬉しくなったのも束の間、保有魔力の半分が吸い取られたあたりで不安になる。

おかしい。カナリーの予想では、起動にここまでの魔力は必要なかったはず。

失敗かと焦った瞬間、魔法陣が青白い光を放ち、カナリーの身体を呑み込んだ。

魔力の奔流がほとばしり、ドシンとカナリーのお尻に衝撃が走る。

「痛ったぁ……」

痛みに顔を顰《しか》めると、カナリーを包み込む光が消えた。

どうやら宙に放り出されたようで、低い高さからではあるが落下してしまったらしい。

涙目になりながら状況を確認すると、見慣れない家具が目に入った。

美しい細工を施《ほどこ》されたマホガニーのテーブル。重厚感のある赤いソファーは艶《あで》やかな生地が張られていて、ひと目見ただけで高級品だと分かった。

カナリーはベッドの上にいるようで、見上げると立派な天蓋が見える。

資料や魔法陣の羊皮紙《ようひし》が散乱したカナリーの自室に、当然ながらこんな家具は存在しない。

ということは、カナリーは今まったく別の部屋にいるのだ。つまり、転移に成功した。

「や、やった！　成功したのね！」

喜びのまま、カナリーは歓声を上げた。

もちろん、魔法陣は完璧ではなかった。予定なら消費魔力はもっと少なくて済んだはずだし、屋敷の庭へと転移するつもりだったのに別の場所に出てしまった。

けれども、とにかく転移できたことが重要なのだ。座標や魔力といった細かな調整は、これから研究すればいい。

（さっそく部屋に戻って、魔法陣を改良しないと！）

そこまで考えて、カナリーははたと気づく。

そういえば、ここはどこなのだろうか。

あまり入ることのない父親の執務室かと首を捻《ひね》った瞬間、背後から聞き覚えのない声が耳に届いた。

「言いたいことはそれだけか？」

「え？」

地を這うような低い男の声だった。

驚いて振り返ると、そこには半裸の美丈夫《びじょうふ》が立っていた。

年の頃は二十過ぎだろうか、初めて見る男だ。

緩《ゆる》やかに波打つ豊かな黒髪。彫刻のように整った美しい顔には、一対の赤い宝石が埋まっている。

——魔物の目。

鋭い眼光に睨まれて、カナリーの心臓が縮みあがった。

血のように赤く光る瞳は魔物と同じものだ。その証拠とばかりに、彼の身体からは目視できそうなほど濃い魔力の気配が漂《ただよ》っている。

いや、そんなことよりも、何よりも。

「ふ、服を着てください！」

顔を真っ赤にしてカナリーは叫んだ。

男はトラウザーズだけを穿《は》いた姿だった。引き締まった筋肉が惜しげもなく晒《さら》されていて、異性に免疫のないカナリーには刺激が強すぎる。

けれども男はカナリーの言葉を受けて、呆れた顔をした。

「それはこちらの台詞《せりふ》だ。服を着なければならないのは、君だろう」

「は？　……きゃあああああああ！」

男に促《うなが》されるままカナリーは自分の身体を見下ろして、特大の悲鳴を上げた。

カナリーは服を着ていなかった。一糸まとわぬ、素っ裸だ。

近くにあったベッドのシーツで咄嗟《とっさ》に身体を隠しながら、カナリーは泣きそうになる。

（なんで、どうして裸なの⁉）

顔を真っ赤にしてシーツに包《くる》まっていると、扉の向こうでバタバタと走る音が近づいてきた。

「フィデル様！　どうされました……か……？」

乱暴に部屋の扉を開け放ったのは、従者らしき男だ。護衛としての役割もあるのか、腰に剣を差している。

その後ろにはメイド服を着た女性もいたが、彼らは一様にカナリーを見て硬直していた。

裸体をシーツで隠したカナリーと、フィデルと呼ばれた半裸の男を見比べて、従者は顔を真っ赤に染める。

「し、失礼いたしました！」

開いたばかりの扉が、バタンと乱暴に閉められる。

なんだかとんでもない誤解をされた気がして、カナリーの頬がひきつった。

同じことをフィデルも感じたのか、彼は大きなため息を吐いてから、椅子にかけられていたシャツとフロックコートを手早く着用する。

なるほど、どうやら彼は着替え中だったらしい。おそらく、この部屋は彼の私室なのだろう。

「あ、あの……ごめんなさい」

気まずい沈黙が続く中、カナリーは恐る恐る謝罪した。

事故とはいえ、カナリーは彼の部屋に全裸で侵入してしまった。その結果、あらぬ誤解を招いたことは先ほどの従者やメイドの反応で明らかだ。

着替えを済ませたフィデルは、クローゼットからコートを取り出して、シーツに包《くる》まったカナリーに投げた。

「事情はあとで聞く。逃げるなよ？」

ぶんぶんと頷くカナリーを見てから、フィデルは部屋を出ていく。

逃げるなと言われても、こんな格好で出歩けるはずがない。

無人になった部屋で、与えられたコートを羽織りながら、カナリーは途方に暮れた。

(不法侵入したことをもう一度謝罪して、それから服を借りて……魔法陣を見直さないと)

それにしても、ここはいったいどこなのだろうか。

貴族の屋敷なのは間違いないが、カナリーのいたバラチエ家ではない。

先ほどの男はフィデルと呼ばれていた。だが、ひきこもりで社交をサボっているカナリーは、貴族の顔と名前を覚えていない。

屋敷の場所が分かれば、どのくらい座標がズレてしまったのか割り出せるというのに。

（転移はできたけど、思った場所に行けないのは問題だわ）

座標の指定方法がまずかったのだろうか。それとも、魔力を増幅させる過程に不具合があったのだろうか。転移魔術を完成させるには、まだまだ課題が山積みである。

なんと言っても、全裸で転移してしまったのは重大な問題だ。

魔法陣には転移対象としてカナリーを指定していた。だが、衣服や靴はカナリーではないため対象から外れてしまい、裸の状態で転移することになったのかもしれない。

（でも、魔力のない衣服をどうやって転移対象に含めればいいのかしら。衣服に魔石をつけて、魔法陣に認識させる？　……現実的じゃないわね。難易度は上がるけど、指定した空間ごと転移する仕組みを考えないと）

転移するたびに裸になるのは困る。

身だしなみに無頓着なカナリーだが、羞恥心《しゅうちしん》までは捨てていなかった。

初対面の男に裸を見られてしまったことが、たまらなく恥ずかしい。

（貴族女性が全裸で転移してくるなんて、ありえないわよね。お母様達に知られたら、なんて言われるか……）

男性の部屋へ全裸で忍び込むなんて、とんでもない醜聞である。

ただでさえ結婚に難があったカナリーだが、これがトドメになりそうだ。

実家のお荷物になっている自覚があるカナリーは、先を思ってため息を吐いた。

しばらくすると、メイドらしき女性がドレスを持ってきてくれた。

カナリーが普段着ているよりも質の良いドレスで、思わず恐縮してしまう。

「フィデル様のご命令です」

そう押し切られて、カナリーはおずおずとドレスを借りた。

どこの誰とも知れない相手にこんな良い服を貸し出すなんて、フィデルはいったい何者なのだろうか。高位の貴族に借りを作ったとなれば大変だ。

バラチエ家よりも格下であってほしいと願いながら待っていると、ようやくフィデルが部屋に戻ってきた。

カナリーは座っていたソファーから立ち上がり、フィデルに向かって頭を下げる。

「このたびはご迷惑をおかけしてしまい、申し訳ございません」

「謝罪は結構。謝られたところで、失ったものは戻ってこない」

フィデルの声には苛立《いらだ》ちが含まれていた。どうやら彼はかなり怒っているらしい。

たしかに迷惑をかけた自覚はあるが、失ったものとは何なのだろうか。

不思議に思ってカナリーが顔を上げると、フィデルは経緯を説明し始めた。

「今日は屋敷にランシール子爵令嬢が来ていたのだ。私との婚約話を進めるためにな。彼女と会うべく、私は身だしなみを整えているところだった」

「えっと……それは……」

嫌な予感がして、カナリーの頬がひきつった。

「婚約は破談となった。婚約者と会う日に、恋人を部屋に連れ込むような不実な男との結婚はごめんだそうだ。もちろん、私に恋人などいないし、部屋に女を連れ込んだ覚えもない。だが、彼女と会う前に、自室に全裸の女がいたことは事実だ。私の説明は受け入れられなかった」

「本当に申し訳ございません！」

カナリーは顔を青くして、もう一度頭を下げた。

なんということだろう。カナリーが転移してしまったせいで、彼の婚約が破談になったのだ。

「謝罪は不要だと言ったはずだ。それよりも、どう責任を取ってくれる？」

フィデルの言葉を受けて、カナリーはどうすれば責任を取れるのかと必死で考えを巡らせる。

「ええと……そうだ！　ランシール子爵令嬢の誤解を解いてきます。私からもきちんと説明すればば……」

「無駄だ。そもそも、向こうはこの縁談を断る口実を探していたのだ。私の浮気が発覚したのは渡りに船だったのだろうな。いくら誤解だと説明したところで、考えを変えることはないだろう」

つまり、もともと彼は婚約者に嫌われていたらしい。

であれば、カナリーの件がなくても同じ結果になっていたのではないだろうか。

「それじゃあ、破談になったのは私の責任じゃないんじゃ？」

「当人の感情がどうであれ、私は先方の弱みを握っていた。こちらに不手際がなければ、問題なく婚約は結ばれていたはずだ」

どうやら彼は、弱みにつけ込んで婚約を押し通そうとしていたらしい。

フィデルにとっては災難だっただろうが、ランシール子爵令嬢にとってはいいことをしたのかもしれない。

「当人の感情を無視して、無理に婚約するのは良くないと思いますけど」

「つまり、婚約を破談にさせた責任は君にはないと？　今日のことが広まれば、私は婚約を打診しながら別の女を連れ込む不埒者と噂され、さらに結婚が遠ざかることになるだろうが、それに関してはどう思う」

「うぐっ……それは本当に、申し訳ないと思っています……」

貴族にとって、名誉や評判はとても大事なものだ。カナリーだって、魔術狂いという噂のせいで縁談話が一件も来ない。

フィデルの評判に泥を塗ったのであれば、その責任は取るべきなのだろう。

「だけど、いったい私にどうしろって言うんですか」

噂を払拭する力など、カナリーにはない。できることといえば賠償金を支払うくらいだが、カナリーには個人的な財産がなかった。

家に迷惑をかけることを考えるだけで気持ちが沈む。

「その前に、君の身元を明らかにしたい。君はバラチエ家の長女、カナリー・バラチエではないか？」

見事に言い当てられて、カナリーは驚いた。

フィデルとカナリーは初対面だし、家から出ないカナリーの顔が知られているとも思えない。

「どうして分かったんですか？」

「バラチエ子爵と顔立ちが似ている。何より、纏《まと》う魔力がそっくりだ」

「もしかして、魔力が見えるんですか？」

カナリーは普通の貴族よりも魔力が多く、その扱いにも長《た》けている。そんな彼女であっても、他人の魔力は薄《うっす》らと感じ取るしかできない。

血縁関係が分かるほど敏感に魔力を知覚できるなんて、すごい力だ。

「呪われた魔物の力だと蔑《さげす》むか？」

フィデルは赤い目を細めて、皮肉げに笑った。

カナリーは彼の異質な色彩に注目する。

どんな種類であっても、魔物の目は赤く体毛は黒い。

魔物は呪われているからだとか、血を欲しているから目が赤くなるのだとか、風説は色々あるけれど、カナリーは魔力過多が原因なのだと思っている。

八十年前に魔術師ナルケルが残した論文によると、魔物は普通の獣《けもの》が魔力暴走によって変異することで生まれるらしい。

多すぎる魔力は制御を失い、獣《けもの》の知性を破壊して身体のつくりを変質させるのだという。

実際に、髪の色や目の色は魔力の質によって変わる。抜けた髪の毛に別の魔力を注ぎ込むと、色が変わるのはカナリーも実験済みだ。

黒い毛と赤い瞳は、膨大な魔力を持っているからこそ現れる色なのだ。

「どちらかといえば、羨ましいですね」

羨望をこめて、カナリーはフィデルの赤い目を見つめた。

魔力の流れが見えるなら、今よりも研究が捗《はかど》るに違いない。それに、それだけの魔力があれば、一定期間で起動できる魔法陣の数も増えるだろう。

カナリーの魔力だと、日に十個程度しか魔法陣を扱えないのだ。

「羨ましいだと？　呪われたこの色が？」

「どうせ私は部屋から出ないので、色はどうでもいいです。呪いなんて迷信だって知っていますから。だから純粋に、自由に使える魔力が多いのが羨ましいんです」

カナリーは自分の外見に欠片《かけら》も頓着《とんちゃく》がない。服は動きやすい方がいいし、髪だってボサボサで構わない。

金の髪や緑の目に愛着もないので、髪や目の色が変わるだけで魔力量が増えるなら、喜んで黒髪赤眼になるだろう。

カナリーがそう言うと、フィデルは驚いたように目を瞬《またた》いた。

「なるほど。バラチエ家の令嬢は、噂通り変人のようだ」

「本人相手に、面と向かってそういうこと言います？」

「変人でなければ痴女か？　男の部屋に裸で侵入するような女だからな」

「ぐっ……あれはちょっとした事故なんです。魔術が失敗して、服を自室に置いたまま転移しちゃったんですよ」

おそらくカナリーの部屋には、脱ぎ捨てられた服が落ちているはずだ。

カナリーの説明に、フィデルはピクリと眉を上げた。

「転移魔術を成功させたというのか？　君が？」

「成功と言うには、お粗末な結果でしたけど」

なにせ、転移場所は指定と違っているし、衣服を置いてきて裸での転移だ。

だけど、一番重要な「転移する」という点はクリアできた。

今回の失敗の原因を解明して研究を続ければ、転移魔術を完成させることができるはずだ。

「そういうことなので、早く家に帰って研究したいんです。あまりお金は持っていないんですが、賠償金はお支払いしますので、条件があるなら言ってください。できれば、バラチエ家を通さずに、私個人で支払える額だとありがたいんですが」

「支払い能力があるのか？」

「……出世払いなら。今はちょっと資金が尽きてますけど、転移魔術が完成すれば稼げるはずです」

魔術の研究にはお金がかかる。

新しい魔術を開発する際、普通は出資者を募るものなのだが、カナリーには出資者がいない。

だから、カナリーは私財やちょっとした魔術を売ったりして研究資金を捻出《ねんしゅつ》していた。

けれども、転移魔術が完成すればその心配はなくなるだろう。

転移魔術の汎用性は高い。何日もかかる距離が一瞬で移動できるようになるのだ。商人なんかは喉から手が出るほど欲しい魔術だろう。

「あいにく、金には困っていないので、金銭を請求するつもりはない。君に頼みたいのは別のことだ」

金銭を払わなくていいと聞いて喜びそうになるが、含みのある発言に警戒を強める。

「バラチエ家の長女には婚約者がいないと聞いているが、それは事実か？」

「え？　まぁ、はい。噂通り私は変わり者なので、縁談なんて来ません」

「ふむ。ならばちょうどいい。私と結婚してくれ」

「はぁ……え、ええええっ⁉」

聞き流しかけてから、カナリーは驚きの声を上げる。

「聞き間違いでしょうか。今、なんだかすごいことを言われた気が……」

結婚してくれと、彼はそう言っていなかっただろうか。

「聞き間違いではないな。私は今、君に求婚した」

さらりと肯定されて、カナリーは困惑した。

はたして求婚というのは、こんな風に何の情緒もなく告げられるものなのか。

「理由を聞いても？　まさか、ひと目惚れとかじゃないですよね？」

カナリーは自分の容姿を理解している。

研究にかまけて、いっさい手入れをしていないボサボサの髪。化粧っ気のない素朴な顔はいかにも地味で、間違っても美人とは言えない。

カナリーの言葉を聞いて、フィデルはフンと鼻を鳴らした。

「残念ながら、恋愛感情とは別のものだ。私は結婚できれば誰でもいい」

「求婚した相手に向かって、最低な言い草ですよ!?」

あんまりな物言いに、カナリーは思わず突っ込んだ。

ひと目惚れなどと言われても胡散臭《うさんくさ》いが、誰でもいいと言い切るのも酷い。

もう少し上手く伝えることはできなかったのか。

「貴族の結婚などそんなものだろう。条件が合えば構わない」

「では、ランシール子爵令嬢のことはもういいんですか？」

弱みを握ってまで婚約しようとしていたのではなかったのだろうか。

「ランシール子爵令嬢が脅しやすかっただけで、結婚できるなら誰でも構わなかった。破談になったところに別の弱みを持った子爵令嬢がやってきたのだから、乗り換えても問題はない」

少し顎を上げ、フィデルは尊大な口調で言う。

「その別の弱みを持った子爵令嬢とやらは、もしかしなくても私ですか？」

「婚約を破談にした責任を取ってくれるのだろう？」

脅すように言われて、カナリーは頬をヒクリとひきつらせた。

たしかに、悪いとは思っている。賠償するつもりもある。

だからといって、代わりに結婚するというのはあまりにも突飛すぎる。

「私は結婚には向きませんよ。社交マナーも覚えていませんし、魔術にしか興味ありません。本当に、変人だという噂の通りですよ？」

「この際、結婚できるなら変人でも何でもいい。子爵令嬢だというのが大事なんだ」

「ええと、でも、結婚って家同士の繋《つな》がりですし、お父様達が反対するかも」

カナリーは視線を泳がせながら必死に断る口実を探した。

どうやら彼は、本当に結婚できれば誰でもいいらしい。

「ヴァランティス伯爵の申し出を、君の両親は断るだろうか」

「伯爵様だったんですか」

改めてフィデルの身分を聞いて、カナリーはくらくらした。

伯爵令息でもなくご当主らしい。悪評のあるカナリーにとって、良縁どころの話ではない。

カナリーは貴族に詳しくないが、ヴァランティス伯爵家の名前は聞いたことがあった。

たしか、長く続くトラックル家から分家し、辺境にあるペペトの森一帯を治めることになった領主の家だ。

両親が反対するはずない。諸手《もろて》を挙げて送り出されるに決まっている。

「自己紹介がまだだったな。私はフィデル・ヴァランティスだ。つい数カ月前に伯爵位を継いで、ペペトの領主となっている」

フィデルは改めて自己紹介をしてから、恭《うやうや》しく礼をした。

「カナリー・バラチエです。あの、私に伯爵夫人なんて務まりませんよ」

名乗り返して、カナリーはいかに自分が結婚に向かないかを告げた。

夫人の主な役割は社交である。茶会を開いて情報を収集したり、人脈を築いて夫を支えたりするのが仕事だ。カナリーにできるとは思えない。

もちろん貴族令嬢として最低限の淑女教育は終えているが、デビュタント以降、カナリーはまったく社交を行っていないのだ。

しかも主たる貴族の顔や名前も覚えておらず、友人のひとりもいなかった。

「安心しろ、君に社交は求めない。跡継ぎがひとりは欲しいが、君が望まないのであれば、最悪養子を取ってもいい。とにかく結婚しているという事実が大事なんだ」

「社交はしなくてもいい？」

「ああ。社交で足を引っ張るくらいなら、ひきこもってくれた方が助かる。魔術の研究がしたいのであれば、研究室を与えよう。もちろん、研究資金の援助も」

フィデルの提案に、カナリーの耳がピクリと動く。

結婚など面倒だが、研究資金付きの研究室をくれるというなら話は変わる。

カナリーは魔術の研究をすることに反対されているので、とにかく資金繰りに苦労していたのだ。

「ペペトは魔物が多いので、研究素材にも困らないだろう。研究成果は領地のために使ってもらうが、時間があるときは私が魔力を提供してもいい」

豊富な研究素材に、魔力の提供まで⁉

カナリーの目の色が変わった。こんな美味《おい》しい結婚など、今を逃せば二度と巡ってこないだろう。

「結婚します、旦那様！　どうか、私に嫁がせてください！」

婚約を破談にしてしまった責任は取らないといけない。

決して、研究室に釣られたわけではないのだ。

カナリーが食い気味に宣言すると、満足そうにフィデルは頷いた。

＊　＊　＊

「よろしかったのですか、フィデル様」

フィデルがカナリーを馬車に乗せて送り出したあと、背の高い亜麻色の髪の男が近づいてきた。

彼は、フィデルの従者であるサントスだ。フィデルがまだ幼い頃から屋敷に出入りしていて、長い間仕えてくれている。

「婚約のことか？」

先ほどカナリーにも告げた通り、フィデルは彼女に結婚を申し込むつもりだ。

そのための書状を急いで作り、屋敷へと帰るカナリーに持たせた。

「バラチエ子爵は野心があまりない男だ。トラックル家との繋《つな》がりもない。もともと、バラチエ子爵令嬢も候補に入れていたしな」

フィデルには急いで結婚しなければならない事情があったが、婚約者がいなかった。そのため、年齢が釣り合う貴族令嬢はすべて候補として調べていたのだ。

その中に、魔術狂いだと噂されるカナリーの名前もあった。

「まさか、こんな風に出会うとは思ってもいなかったがな」

唐突に全裸で自室に現れたカナリーには、フィデルも驚いた。

風変わりな令嬢だとは聞いていたが、彼女は想像以上だった。

「転移してきたと言っていましたが、事実でしょうか」

「さてな。だが、普通の手段で忍び込んだのではあるまい」

屋敷はかなり厳重に警備されている。誰の目にも触れず、室内にいるフィデルにも悟られないまま私室に入り込むなど、普通の令嬢には不可能だ。

「ですが、転移魔術ですよ？」

「面白い研究ではないか。もし実現すれば、ペペトにも十分な益が出る」

転移魔術は、古くから色々な国で研究されてきた。

理論上は可能だと言われながらも、安定性の低さや必要魔力量の多さ、魔力の反発、その他様々な要因から実用化するのは不可能だろうと思われている。今まで数々の魔術師が転移魔術の開発に挑戦したが、成功させた者はまだいない。

それでも研究が続けられているのは、転移魔術がもたらす恩恵が大きいからだ。

馬車に頼っている移動手段を魔術に置き換えることができれば、物流に革命が起きるのは容易に想像できる。

「……奥方が行うようなことではありませんが」

カナリーの奇怪な言動を思い出したのか、サントスは眉根を寄せた。

たしかに彼女は、貴族の夫人には向いていないだろう。

「普通の令嬢であれば、私との結婚など望まないだろう。ランシール子爵令嬢がいい例だ」

フィデルは家柄こそいいが、治めるペトの地は田舎《いなか》である。

王都から遠く、領地のほとんどが森に覆われている。そして魔物が多く、危険な土地でもある。

力自慢の騎士ならともかく、女性に人気のある場所ではない。

さらに、フィデルの外見も問題だった。黒髪に赤い目は、どうしても魔物を彷彿《ほうふつ》とさせる。

整った容姿は本来であれば女性から高評価を得るものだが、フィデルの場合は人間離れしていて、より魔物らしいと言われてしまうのだ。

特に赤い目は気になるらしく、正面から見つめると目を逸らされることも多い。

「この目を羨むなど、本当に変わっている」

かの令嬢は、フィデルが出会ったどんな令嬢とも違っていた。

カナリーのことを思い出して、フィデルは口元を綻《ほころ》ばせた。

珍しく穏やかな顔をしているフィデルを見て、サントスは目を丸くする。

「フィデル様、なんだか楽しそうですね」

「煩《わずら》わしい問題がひとつ片づきそうだからな」

トバリース王国では、領地を持つ貴族は既婚でなくてはならない。世襲に伴うトラブルを減らすため、建国からそう法で定められている。

基本的に結婚後でなければ爵位を継げないのだが、ヴァランティス家では前伯爵が急死した際、フィデルしか直系がいなかったことから、条件付きで爵位継承が認められた。

その条件とは、爵位を譲り受けてから一年以内に結婚すること。

これが守られない場合、ペペトは隣にあるラーランド領に吸収されることが決まっていた。

外見などの理由からまだ婚約者がいなかったフィデルは条件の合う女性を探したが、なかなか見つけることができなかった。

二十四歳にもなれば、年齢の近い貴族女性はほとんど婚約が決まっているのだ。

かといって、平民から適当な相手を見繕《みつくろ》うわけにもいかない。

結婚相手を見つけるのはフィデルにとって難題だった。

「本当にそれだけですか？」

「どういう意味だ？」

ニヤニヤと笑うサントスを見て、フィデルは眉を寄せた。

「いえ。ただなんとなく、カナリー様とフィデル様は相性が良さそうだと思っただけです」

サントスの言葉を聞いて、フィデルは口をへの字に曲げた。

貴族の結婚など、義務以外の何物でもない。

それに、あのように奇抜な令嬢と相性がいいと言われるのは心外だった。

「ふざけていないで、仕事に戻るぞ」

カナリーを乗せた馬車がすっかり見えなくなったのを確認して、フィデルは身を翻《ひるがえ》した。

第二章　お詫びに夫婦になりました

フィデルと出会ってから、ひと月が経過した。

彼との結婚話は、カナリーの予想以上にあっさりと進んだ。

カナリーの嫁入りを諦めていた両親は、フィデルの申し出に涙を流して喜んだ。

フィデルの容姿も、ふたりにとっては何の問題にもならないらしい。

伯爵家、それも当主に嫁げるなんて素晴らしいことだと、カナリー以上に力を入れていた。

研究室がもらえる約束なので、結婚にはカナリーも乗り気だが、両親の張り切りようには参ってしまった。転移魔術の研究を再開したかったのだが、嫁入りの準備があるとあちこち連れ回されて、ろくに時間が取れなかったのだ。

それに、貴族の結婚は婚約期間を設《もう》けるのが慣習であるにもかかわらず、フィデルからはできるだけ早く嫁いでくるよう言われていた。

ゆえに、カナリーは急いで嫁入り準備とやらを終わらせなければならなかったのだ。

（どうしてこんなに急いでるんだろう）

フィデルにはすぐに結婚したい事情があるようだ。それが何なのか気になるが、タイミングが合わずに尋ねる機会を得られなかった。

その分早く研究室をもらえるのだと割り切って、張り切る母に付き合うしかない。

（ドレスや家具なんて、好きに決めてくれていいのに）

研究資金を得るために、最低限の服以外は売り払ってしまうカナリーだ。

そのため、カナリーはほとんどドレスを持っていなかった。ドレスを作っても売られてしまうと分かってから、両親は彼女にドレスを与えなかったのだ。

とはいえ、さすがにドレスの一枚も持たずに嫁入りするわけにはいかない。おかげで連日ドレス選びを行うことになってしまったのだ。

最低限の嫁入り道具を揃えるだけでも大変なのに、さらに挙式用のドレスも作らなければならず、目が回るような忙しさだった。

「どんなドレスがいいかなんて、私には分かりません！　お母様にお任せします」

「駄目です。そう言ってまた部屋から出てこないつもりでしょう？　役に立たない研究よりも、ドレスを作る方が大事です。あなたも嫁入りするのですから、いい加減悪癖は治さないといけませんよ」

張り切る母に首根っこを掴まれて、カナリーは白旗を上げた。

「魔術の研究は殿方が行うこと。あなたは淑女なのだから、これからは社交を頑張ってヴァランティス伯爵をお支えしなければなりません」

母の言葉に、カナリーは心の中で舌を出した。

トバリース王国にも魔術師という職が存在する。実践向きの魔術部隊もそうだし、国の中枢には魔術研究所だってある。

けれども魔術師はエリート職で、男性中心の世界だった。魔術部隊はそもそも男性しか就職できないし、魔術研究所で働くには国家魔術師の資格を得なければならない。

国家魔術師は、国が認めた魔術師に与えられる肩書きである。

だが、トバリース王国が建国して二百年、女性にこの肩書きが与えられたことはなかった。

この国では女性は家を切り盛りして守るものだという価値観が浸透している。当然ながら女性が表舞台に立てる機会は少なく、戦場に出るなどもっての他だ。

カナリーがいくら魔術を研究したところで、女性である以上、魔術師になることはできない。

だからこそ母は、カナリーの魔術狂いを正そうとしたのだった。

「女性魔術師になるだの、転移魔術を開発するだの、あなたはいつも夢のようなことばかり。そんな調子でこれからどう生きていくのか心配でしたが、ヴァランティス伯爵との結婚が決まって安心しました。これからは魔術にかまけるのはやめるように。分かっていますね？」

「はぁい」

母の言葉に、カナリーは生返事を返す。

(研究室をもらうのが目的だって知ったら、お母様は悲鳴を上げそうね)

フィデルに提示された条件は秘密にしておこうと心に決めて、カナリーはデザイン画に目を落とした。

そうして、自由に研究できないフラストレーションを抱えたまま、嫁入りの日がやってきた。

挙式はヴァランティス家の領地である、ペペトの教会で行った。

ペペトはトバリース王国の北端にある辺境地だが、規模はバラチエ家の屋敷がある街よりも大きい。ペペトの北部に位置する教会は、大きなステンドグラスが美しい、歴史を感じる建物だった。

ひきこもりで友人もいないカナリーは、招待客などほとんどいないと思っていたのだが、式には見慣れない参列者が並んでいた。バラチエ家やヴァランティス家と付き合いのある貴族達である。

カナリーが社交をサボっていても、両親は人並みに社交をこなしているのだから当然か。

ひと通り挨拶《あいさつ》を済ませたが、とても顔と名前を覚えられる気がしなかった。

ドレスの裾を踏んで転んだり、誓いの言葉を間違えないようにと必死だったカナリーに、招待客を覚える余裕などなかったのだ。

母はこれからは社交をと言ったが、やはりカナリーには難しいだろう。

どうにか大きな失敗もなく式を終え、カナリーはフラフラになりながらペペトの屋敷に向かう。

「ものすごく疲れました」

「あの程度でか？　式の規模も招待客も最低限にしておいたのだが」

馬車の中でぐったりするカナリーの隣で、フィデルは涼しい顔をしている。

カナリーにとっては盛大な式に見えたが、あれで最低限とは驚きだ。

「……貴族って大変ですね」

「君も貴族のはずだが？」

「義務を全部放棄して、屋敷にひきこもっていましたから」

これからもそうさせてもらいます、との意を込めて言うと、フィデルが呆れたように肩をすくめた。

「まぁいい。前にも言った通り、君に社交を任せるつもりはない」

「理解のある、素敵な旦那様で嬉しいです」

カナリーは心の底からそう告げた。


ヴァランティス家の屋敷は、伯爵家だけあってバラチエ家の屋敷よりも大きくて立派だ。

華美な雰囲気はないものの、屋敷も庭もきちんと手入れされている。彫刻などの目立った装飾品は少ないが、カーペットやさりげなく置かれた花瓶は良いものが使われていて、質実剛健といった雰囲気だった。

そんな屋敷の中を、フィデルは自《みず》ら案内してくれた。

ロビーから順に説明しようとする彼の言葉を、カナリーは遮《さえぎ》る。

「あの、研究室はどこですか？」

「屋敷に着くなりそれか」

「一番大事なことですから」

そのために結婚したと言っても過言ではないのだ。

カナリーの訴えを聞いて、フィデルはため息を吐いてから屋敷の一室に案内してくれた。

実用的な大きな棚には、秤《はかり》や魔力測定器などの器具がずらりと並んでいる。魔物の素材が詰め込まれた木箱、資料を並べられる本棚などが揃った、まさしく理想とも言える部屋に、カナリーは目を輝かせた。

「こ、これが研究室ですか!?」

「必要だと思うものをひと通り揃えたが、この程度の設備で問題ないか？」

フィデルの言葉に、カナリーは何度も首を縦に振った。

この程度とフィデルは言うが、カナリーが今まで研究を行っていた自室の何倍もの設備が整っている。もちろん魔術塔の研究施設には敵《かな》わないだろうが、十分すぎるくらいだ。

思っていたよりも立派な部屋に、じわじわと喜びが湧き上がってくる。

「部屋の中に入っても構いませんか？」

「好きにしろ」

「ふわぁああああ！」

喜びの声を上げながら、カナリーは研究室の中へ突撃した。

立派な机や器具、書棚も嬉しいが、何より気になったのが素材の詰まった木箱だった。

「ブラッドウルフの牙に、トドクタケ、ラーディンス石まである！」

箱の中の素材を確認して、カナリーは歓喜に震えた。

どれもこれも、欲しくてもなかなか手に入らなかったものばかりだ。

「こ、これ、全部私が使っていいんですか？」

希少な品が惜しげもなく揃っていることにカナリーは興奮した。

これだけの素材があれば、資金が足りなくて諦めていた実験も行える。

「君は転移魔術を研究しているのだろう？　であれば、これくらいの品は必要なはずだ」

「え？」

どうやらこれらの素材は、カナリーの研究を考慮して用意されたらしい。

「あ、あの……馬鹿にしないんですか？」

「何をだ？」

「だって、転移魔術ですよ。遊びはほどほどにしろとか、夢を見るなとか……せめてもっと現実的な研究をしろとか、いつも言われるのに」

カナリーはずっと転移魔術の研究をしてきたが、周囲には子どもの遊びのように思われていた。

数々の魔術師が挑戦して実現しなかった魔術を、カナリーに開発できるはずがないと、そう思われていたのだ。

社交もせずに、叶うはずもない魔術を研究し続ける愚か者だと、両親にも呆れられていた。

けれどもここに集められた素材は、夢物語に使うには高価すぎる。

「君は遊びのつもりで研究しているのか？」

「まさか、違います！」

「なら構わない。転移までは成功させたのだろう？　であれば、実用を目指して頑張ってくれ」

淡々と言われた言葉に、胸が熱くなる。

フィデルは転移魔術が実用化できる、あるいはその可能性があると信じて、これだけの素材を用意してくれたのだ。

（……どうしよう、すごく嬉しい）

今まで、カナリーの研究を応援してくれる人はいなかった。

転移魔術を完成させて、女性初の国家魔術師になると宣言しても、できるはずがないと否定され続けていた。

けれど、出会ってまだ少ししか経っていないにもかかわらず、フィデルはカナリーの研究を真面目に支援するつもりでいる。

「……頑張ります。絶対に」

昂《たかぶ》る気持ちを宥《なだ》めるように、カナリーは胸に手を当てた。そして絶対に転移魔術を完成させてやると意気込み、さっそく研究に取りかかろうと実験器具に手を伸ばす。

けれども、それを中断させたのはフィデルだった。

「まさか、今から研究を始めるつもりか？」

「え、駄目ですか？」

「駄目に決まっているだろう。何時だと思っている」

たしかに窓の外を見れば、すっかり暗くなっている。

「明かりの魔術は使えますし、徹夜で作業しても平気ですよ？」

カナリーは研究に夢中になれば、寝食も忘れて昼夜関係なくのめり込む人間だった。

魔術で光源は確保できるし、今から研究を始めても構わない。

結婚準備のために、しばらく研究を我慢してきたのだ。そんな中、こんなにも立派な素材を与えられれば、すぐに始めたくなるというもの。

早く研究がしたくてウズウズするカナリーに、フィデルは呆れた顔をした。

「今日、君は私と結婚したはずだ」

「分かってます。さっき式を挙げたんですから」

「そうか。では当然、これから初夜だということも分かっているな？」

「……あ」

すっかり忘れていた。というよりも、初夜を共に過ごさなければならないという認識が、カナリーの頭になかったのだ。

（初夜……フィデルと!?）

フィデルとの初夜を想像して、カナリーの顔が熱くなる。

「あの、その、初夜って……その、初夜ですよね」

意味をなさない言葉が口から漏れる。

結婚の条件を告げたときも、フィデルはできれば子どもが欲しいと言っていた。

子ども——そのためには、子どもができる行為をしなければならない。

つまり、男女のアレコレなのだが、カナリーにはその覚悟ができていなかった。

（初夜っていったい、どうすれば……!?）

間の抜けたことに、カナリーは研究室がもらえることに浮かれて、今日までこの問題について深く考えていなかった。

「結婚したばかりの夫婦が共に過ごさないのは、外聞が悪い。寝室へ移動するぞ」

「は、はひっ！」

裏返った声で返事をして、カナリーはフィデルの背を追った。

寝室は当然、フィデルと同室なのだろう。よほど事情がない限り、結婚した男女が別の部屋で寝ることはありえない。

前を歩くフィデルの背中を見つめていると、カナリーの鼓動がどんどん速くなっていった。

カナリーとフィデルは婚約期間を設《もう》けなかった。結婚について何度か打ち合わせはしたものの、プライベートな会話もしたことがない。

だから、カナリーはまだフィデルがどういう人間なのか分かっていないのだ。

それなのに、いきなり初夜だなんて。

覚悟が決まらないまま、二階にある部屋の前でフィデルが立ち止まる。

ここが夫婦の寝室なのだろう。中央に置かれた立派なベッドに視線が吸い込まれた。

こちらも屋敷と同様に装飾が少なくシンプルであるが、調度品は良いものを使っていて品がある。

部屋の中には赤毛のメイドがいて、カナリーを見るなり顔を綻《ほころ》ばせた。

「お待ちしておりました、奥様」

ハキハキと元気な声で喋《しゃべ》るメイドだ。年はカナリーより上だろうが、そばかすの浮いた純朴そうな顔が、彼女を幼く見せていた。

「ルル、彼女を頼む」

「畏《かしこ》まりました」

フィデルはルルと呼ばれたメイドにそれだけ言うと、身を翻《ひるがえ》して部屋を出た。

フィデルの姿が消えたあと、ルルはきらきらした目でカナリーを見つめる。

「さあさあ、奥様。湯あみに参りましょう！」


全身に丁寧に香油を塗られ、生地の薄いナイトドレスを着せられる。

カナリーが今まで着ていた夜着とはまったく違う、妙に色気のあるこのドレスは、男性を誘惑するためのものなのだろう。

ルルの手で磨かれたのが何のためかと思うと、恥ずかしくてたまらない。

「大丈夫ですよ、奥様。すべてフィデル様にお任せすればいいんです」

「そう言われても……」

「初めては誰しも不安ですが、皆が通る道ですから」

楽しそうなルルの手によって、カナリーはぽいっとベッドに放り込まれた。

寝室にフィデルの姿はない。どうやら彼も湯あみをしているようだ。

ベッドの中でそわそわしていると、寝室の扉が開いてフィデルが戻ってきた。

彼の艶《つや》やかな黒髪はしっとりと水気を帯びていて、湯上がりのためか頬も微《かす》かに色づいている。

その様子が妙に色っぽくて、カナリーは思わずまじまじと彼を見つめてしまった。

「待たせたか？」

「い、いえ……」

フィデルが寝台に近づいてくる。何を話せばいいのか分からず、カナリーは俯《うつむ》いた。

緊張で身体が硬くなる。ぎゅっとシーツを握るカナリーを見て、フィデルはふっと息を吐いた。

「案ずるな。無理強いするつもりはない」

「え？」

柔らかな声に驚いて、カナリーは顔を上げた。

「こちらの都合で婚約期間も設《もう》けなかったからな。無理に抱いたりはしない。使用人が不審がっては困るので、隣で寝させてもらうが」

「えっと、いいんですか？」

「今は結婚したという事実があれば十分だ」

拍子抜けした気持ちでいると、フィデルがベッドに入り込む。

本当に何もする気がないのか、彼はそのまま横になってカナリーに背を向けた。

(ほっとしたような……なんだか、寂しいような)

覚悟が決まっていなかったのでありがたいが、気合を入れて準備してくれたルルに申し訳なくなる。

けれど、これもフィデルの気遣いなのだろう。

カナリーはふぅっと力を抜くと、隣で寝そべる彼の背に目を向けた。

「ずいぶん結婚を急いでいたみたいですけど、何か理由があるんですか？」

フィデルのことを少しでも知ろうと、カナリーは会話を試みる。

なるべく早く嫁ぐようフィデルが急《せ》かしたため、カナリーは急いで準備したのだが、その理由をきちんと聞けていなかった。

「君は法には詳しくないのか？　領地を持つ貴族は、既婚者でなければならないんだ」

呆れた声で言われて、そうだったかとカナリーは記憶をたどる。

そういえば昔、屋敷に来ていたカヴァネスにそんなことを習った気がした。

「あれ？　でも、フィデルは領主なのに独身でしたよね？」

「父が急死したので特例措置を受けたんだ。だが、法に準じるべく、一年以内に結婚する必要があった」

なるほど。それでフィデルは結婚を急いでいたのか。

「事情は分かりましたが……跡継ぎだったんですよね？　どうして婚約していなかったんですか」

「していなかったのではなく、できなかったんだ。この目を見れば分かるだろう？」

フィデルは不機嫌そうに言って、ごろんと寝返りを打つ。

すぐ間近にフィデルの赤い目が見えて、カナリーの心臓がドキリと跳ねた。

「私の目と髪は魔物を彷彿《ほうふつ》とさせる。……魔物はもともと、普通の獣《けもの》だったという説を知っているか？」

「はい。ナルケルが唱えた、魔力暴走論ですよね」

普通の動物が何らかの原因で強い魔力を宿し、それを暴走させた結果、生まれたのが魔物であるという説だ。

「同じことが、どうして人間で起きないと言える？　私は人の形をした魔物なのだと言われたことがある。自分を人だと思い込んでいるだけで、その本質は魔物だと」

自嘲気味なフィデルの言葉に、カナリーは首をかしげた。

「さすがにそれはないと思いますよ」

魔物と獣《けもの》は、毛や目の色だけでなく、形そのものが違う。

魔物には鋭く長い牙や禍々《まがまが》しい角など、獣《けもの》にないものが生えていることが多い。元は動物だったものが、魔力によって魔物らしい身体へと変化するのだ。

「人の形を保っているということは、魔物に変化していない証拠です。目や髪の色と、魔物であることは関係がありません。共通しているのは魔力の強さだけです。魔物は魔力が強いから、皆あんな色をしているんですよ」

ナルケルの説を信じるならば、人間が魔物になる可能性もあると、カナリーは思っている。けれど、もしそうなったら、身体の一部が変質して異形となるはずだ。また、魔物になれば理性がなくなり、暴力的になってしまう。

フィデルは人の形をしているし、十分知性もあるように見える。

あの論文をきちんと読んでいる人間であれば、フィデルを魔物だとは思わないだろう。

「もしかして、今後フィデルの魔力が暴走したら、魔物になってしまう可能性はあるかもしれません。ですが、少なくとも今は人間ですね」

カナリーが言い切ると、フィデルは不思議そうにじっとカナリーを見つめた。

「君は私が怖くないのか？　魔物になるかもしれないんだろう？」

「魔力暴走の原因は解明されていません。だけど、ナルケルの説を信じるなら、魔物になる前の獣《けもの》は普通の色をしていたはずです。つまり、魔力暴走と魔力の強さに因果関係はないんです」

魔力が強いから暴走したわけではなく、暴走した結果として魔力が高まり、色が変わったのだ。

だから、フィデルが特別に魔力暴走を起こしやすいわけではない。

「目と髪の色は、魔力の強さに由来します。魔物と結びつけるのは、無知による偏見ですね」

フィデルはおそらく、その色のことで様々な偏見に晒《さら》されてきたのだろう。

けれど、周囲の人間を無知と罵《ののし》るのは難しい。髪や目の色と魔力の強さの因果関係など、普通の人は知るはずのないことだからだ。

偏見だと言い切れるのは、魔術に関連する知識を学び続けてきたカナリーのような人間だけだ。

「偏見か。そうきっぱり言われると、小気味いいな」

「気になるなら、魔術研究所にでも調べてもらいますか？」

魔術研究所はこの国の魔術の最高峰だ。

そこの職員なら、おそらくカナリーと同じ結論を下すに違いない。

「いや、いい。君の言葉を信じる。……私は魔物にならないのだろう？」

「絶対にならないとは言っていませんよ。魔力暴走の原因はまだ不明ですから。ただ、フィデルが魔物になる可能性は、私や他の人間と変わらないと思うだけです」

「それで十分だ」

カナリーがきちんと訂正すると、フィデルは満足げに頷いた。

「誰かに否定されると、存外、安心するものだな」

「もしかして、魔物になるかもしれないって、不安に思っていたんですか？」

「仕方がないだろう。私には君ほど魔術に関する知識がない」

どこか拗ねたような物言いは、なんだか少しだけ可愛く見えた。

「私は魔術狂いですからね。貴族としては頼りないですが、魔術に関しては任せてください」

社交が苦手なカナリーは、伯爵家の女主人として上手く振る舞う自信はない。

けれども、魔術という得意分野であれば話は別だ。少しでもカナリーの知識が役に立ったのなら、嬉しいことである。

結婚なんて向いていないと思っていたが、カナリーの魔術好きを認めてくれる彼の妻という役割なら、どうにかこなせそうな気がしてきた。


翌朝、カナリーが目覚めると、ベッドの中にフィデルの姿はなかった。

窓の外を見るとすっかり日が昇っている。どうやら寝坊してしまったようだ。慣れない式や、移動の疲れが溜まっていたのかもしれない。

（それに昨夜は緊張して、あまり眠れなかったしね）

フィデルがカナリーに触れることはなかったが、同じベッドで並んで眠った。誰かと一緒に眠るなんて子どものとき以来で、どうしても気になってしまいなかなか寝つけなかったのだ。

カナリーがベッドから下りると、それを見計らったように部屋のドアがノックされた。

「おはようございます、奥様」

メイドのルルの声だ。どうやら支度を手伝いに来てくれたらしい。

ルルは部屋に入ってくるなり、カナリーの身体を気遣った。

「今日はお辛いでしょうから、お支度はお任せください」

辛いとはどういう意味だろうかとカナリーは首をかしげたが、ルルの視線がカナリーの下腹部に向いているのに気づいてハッとする。

（そうだ、私、フィデルと初夜を迎えたことになっているんだった）

実際は何もなかったのだけれど、それを口に出す必要はないだろう。

「ええと、じゃあ、お願いするわね」

余計なことを言わず、ルルに支度を任せることにした。

この部屋にはすでにカナリーの荷物が運び込まれている。クローゼットからルルが持ち出したドレスを見て、カナリーは眉を顰《ひそ》めた。

「ごめんなさい。黒の襟付きのワンピースがあったでしょう？　そっちに着替えたいの」

「黒の襟付きワンピースって……まさか、これですか？」

ルルが困惑した様子で黒い服を取り出した。

彼女からすれば、これは使用人の服に見えるだろう。レースなどの装飾はなく、袖が細くなっていて作業に向いている。スカートも無駄にヒラヒラしておらず、動きやすいのが気に入っているのだが、伯爵夫人が着るような服ではない。

「こちらのドレスの方がいいと思いますが。どうして、この服を？」

カナリーの荷物の中には、結婚するにあたり母が用意したドレスが何着かあった。

けれどもそれは、当然ながら伯爵夫人に相応《ふさわ》しい格のドレス。つまり、動きにくいのだ。

「今日は魔術の研究をしたいの。研究室にこもるので、動きやすい服じゃないと」

無駄に広がった裾は邪魔でしかないし、同じくヒラヒラした袖は作業するのに向いていない。

「ですが……」

「それが駄目なら、あなた達の服を貸してくれるのでもいいわ」

メイド服を着たいというカナリーの言葉に顔を顰《しか》めたルルは、しぶしぶ地味なワンピースを着せてくれた。そのままカナリーの髪を結い上げようとして、それにも待ったをかける。

「髪はこうして三つ編みにしてほしいの」

整髪料で頭を固められるのは、挙式のときだけで十分だ。

癖のついた金髪を素早く編み込んで、手際良くリボンで止めると、ルルが悲鳴を上げた。

「奥様、髪を編むならもう少し丁寧に。それだとボサボサです！」

「ボサボサでも、楽なのが一番なの。それじゃあ、研究室に行ってくるわね」

「え、朝食はどうされるのですか？」

「朝食はいらないわ。昼食は、研究室に運んでくれると助かるのだけど」

それだけを言い残して、カナリーは早足で研究室へと向かった。まだ屋敷に慣れていないが、研究室の場所だけはしっかりと覚えている。

散々邪魔が入ったけれど、ようやく研究の続きができるのだ。

意気揚々と研究室へと突撃したカナリーは、結婚式までの鬱憤《うっぷん》を晴らすかのように研究に打ち込んだ。

フィデルが素材をたくさん用意してくれたので、試してみたいことが山ほどあるのだ。

(魔法陣を描く羊皮紙《ようひし》に、トドクタケの粉を馴染ませて……ううん、ラーディンス石から魔力を抽出した方がいいかしら。ああ、試してみたいことが多すぎる！)

カナリーは嬉々とした様子でトドクタケをすり潰し、羊皮紙《ようひし》に馴染ませては実験を繰り返す。

夢中になって作業を続けていると、突然、誰かに肩をゆすられた。

「……、聞いているのか、カナリー！」

「っ、はい！」

名前を呼ばれて顔を上げると、そこには眉根を寄せたフィデルの姿があった。

「あれ、フィデル。私に用事ですか？」

「君がまったく食事をしないし、話しかけても返事をしてくれないと、ルルが私に泣きついてきたんだ」

「え？」

言われてから、研究室のテーブルに昼食が置かれていることに気がついた。

ふと窓に目をやると、いつの間にか日が落ちて、空は朱色に染まっている。

「驚きました。もうこんな時間なんですね」

カナリーが呟《つぶや》くと、フィデルの眉間の皺《しわ》が深くなる。

「君は研究を始めると、食事を忘れるのか？」

「ふ、普段はそこまでじゃないですよ？　ただ、今は新しい素材がいっぱいあるし、久しぶりの研究だったので、つい夢中になってしまって」

「夢中になりすぎて、食事を忘れた上に周囲の声も聞こえなかったのだな？」

「……申し訳ありません」

カナリーは素直に頭を下げた。

バラチエ家では、カナリーが研究に夢中になると部屋から出てこなくなるのは当たり前だった。

研究を邪魔されるのを嫌がったカナリーは、本人にしか開けられないよう自室のドアに魔法陣を描いた。ゆえにカナリーの気が済むか、空腹に気づいて自《みずか》ら部屋を出るまで放置されていたのだ。

けれど、ここはバラチエ家ではない。ルルはカナリーの奇行に驚いたことだろう。

(フィデルを呆れさせちゃったかな)

恐々とフィデルを見るが、彼の整った顔から感情を読み取ることはできない。

「研究に夢中になるのはいいが、食事はきちんととるように」

「……はい」

「自信がなさそうな返事だな」

「その、集中していると、時間も空腹も忘れてしまうことがあるので」

今度また食事だと声をかけられても、気づかないかもしれない。

実際、今日もルルが何度か声をかけてくれていたのだろうが、カナリーには聞こえていなかった。

今後、同じことが起きないとは言い切れない。

「では、ルルに入室して肩を叩いていい許可を出しておくといい。声は届かなくとも、肩を叩かれれば、さすがに気づくだろう」

「そうですね。肩を叩くか、身体を揺さぶられれば気づくと思います」

奥様を揺さぶるなんてとルルは青い顔をしそうだが、声をかけても気づかないときは容赦なくそうしてほしい。

「それと、研究は中断してそろそろ食事をとれ。もうすぐ夕食の時間だ」

「分かりました」

カナリーが頷くと、フィデルはくるりと身を翻《ひるがえ》した。

そのまま立ち去ろうとするフィデルを見て、カナリーは目を瞬《またた》かせる。

「あの、それだけですか？」

「それだけ、とは？」

フィデルは足を止めて、不思議そうに振り返った。

「研究のしすぎだとか、身だしなみを整えなさいとか、もう少し貴族らしく振る舞いなさいとか……」

カナリーは、今まで散々家族に言われたことを口にする。

魔術狂いのカナリーを、真っ当な人間にしようと周囲は必死で、隙あらば何度も小言を言われてきたのだ。

「カナリーは研究がしたくて私に嫁いだのだろう？　食事と睡眠はとるべきだと思うが、君の行動に口を出すつもりはない」

フィデルの言葉に、カナリーは感動して涙が出そうになった。

（どうしよう。フィデルが理想の夫すぎる）

「私、フィデルと結婚して良かったです！」

「……そうか。では、食事をとりなさい」

「はい！」

研究から意識が逸れると、思い出したかのようにお腹も空いてきた。

カナリーが頷くと、ほっとした様子でルルが研究室に入ってくる。

「奥様、こちらは冷めておりますので、新しく夕食をお持ちしますね」

「そんな！　私が悪いんだから、ちゃんといただきます」

冷めてしまったのは、カナリーのせいだ。

処分されるのはもったいないし、それにカナリーは冷めた食事を食べることに慣れている。

「ですが……」

「ルル、カナリーの好きにさせてやりなさい」

困り顔をするルルに、フィデルが告げる。

「フィデル様がそうおっしゃるなら」

「すまないな。色々と戸惑うことも多いだろうが、上手くやってくれると信じている」

フィデルの言葉を聞いて、ルルは背筋を伸ばしてから恭《うやうや》しくお辞儀をした。

フィデルはひとつ頷くと、今度こそ部屋を出た。

「あの、ルル。色々とごめんなさい」

きっと彼女は、貴族らしくしないカナリーに戸惑っているはずだ。主人として仕えることに、不満を持っているかもしれない。

「奥様が謝罪する必要はございません」

「でも、迷惑をかけてしまったわ。主人らしくもないと思うし」

「奥様が普通の貴族と少し違うことは、フィデル様よりお聞きしておりました。その上で、奥様が快適に過ごせるよう努力してほしいと頼まれていたのです。それなのに、上手くお仕えできずに申し訳ございません」

ルルがしゅんとした様子で頭を下げた。

とんでもないと、カナリーは慌てて両手を振る。

「ルルは悪くないわ。久々に研究できるのが嬉しくて、私が我侭《わがまま》に振る舞いすぎたの。ここはバラチエ家じゃないのだし、もう少しルルに気を配るべきだったと思う」

使用人のような服を着て、嬉々として研究室にこもる主人に、ルルは困ったことだろう。

「いいえ。奥様が快適に過ごせるように尽くすのが私の役目なのです。常識にとらわれず、どうすれば奥様に喜んでいただけるか、しっかり考えたいと思います」

ルルは真面目な顔でカナリーを見つめる。忠誠心の強い使用人だとカナリーは感心した。

そんな彼女を困らせていたことに罪悪感が湧いてくる。

「研究が好きなのは直せないけど、私もルルの主人として相応《ふさわ》しくなれるよう、少し頑張ってみる。……冷めた料理を食べるのは、やめた方がいいと思う？」

「もうすぐ夕食もできますし、できれば奥様には温かな食事を召し上がっていただきたいと思います」

「気遣ってくれてありがとう。でも、せっかく用意してくれたあの食事が無駄になってしまうのは心苦しいの」

「でしたら、あちらは無駄にならないよう使用人でいただきます。それならいかがでしょうか？」

カナリーは少し迷ったが、ここは折れた方がいいと思い頷いた。

「ありがとう。明日は食事を無駄にしないよう気をつけるわね」

食事と睡眠はとるべきだと、フィデルにも注意された。

両親とは違って、フィデルはカナリーの研究を支援してくれている。研究に夢中になりすぎて迷惑をかけたり、失望されたりするのは嫌だ。

「そうしてくださると助かります」

ルルはほっと息を吐いて、冷めた料理を研究室から運び出した。


温かい夕食を用意してくれるというので、カナリーは研究室を出て食堂へと移動することにした。

テーブルには二人分の食器が並べられていた。おそらく、もうひとつはフィデルの分だろう。

フィデルも一緒に夕食をとるのかと思ったが、少し待っても彼が来る気配がない。

「フィデルの夕食は遅いのかしら」

「いえ、普段ならもう来られるのですが……先ほど、急な来客があったようです」

そう言って、ルルは窓の外を睨んだ。その顔には微《かす》かに嫌悪が滲《にじ》んでいる。

ルルの視線を追うと、外に一台の紋章付きの馬車が停まっているのが見えた。

「こんな時間にお客様？」

急な来客ということは、約束があったわけではないのだろう。夕食時に訪問するのは少し失礼な感じがするが、よほど急ぎの用事なのだろうか。

カナリーは馬車の紋章を確認したものの、どこの家の馬車かは分からない。

「トラックル家の馬車ですね」

カナリーが首をかしげているのを見て、ルルが教えてくれた。

トラックル家。たしか、隣の領地であるラーランドを治めている領主だ。

ヴァランティス家はトラックル家の分家で、フィデルとも関係が深い家ではなかったか。

「奥様、今日はお部屋でお食事された方がよろしいかもしれません」

「もしかして、あまり良くないお客様？」

「そうですね。……申し上げにくいのですが、奥様のお姿は、お客様を迎えるには少し相応《ふさわ》しくないかと存じますし」

ルルに言われて、カナリーは自分の服装を見下ろした。

召し使いのような質素なワンピースに、ボサボサに編んでほつれた三つ編み。

なるほど、たしかにこの格好でお客様の前に出るわけにはいかない。

そもそも、カナリーに社交は向いていないのだ。フィデルの邪魔をする前に、仮病でも使ってひきこもる方がいい。

「分かったわ。大人しく部屋に引っ込んでおくことにする」

時間が時間だ。もしフィデルが客人を食事に誘ったら、食堂にいるカナリーと鉢合わせしてしまう。そうなる前に、部屋に逃げ帰ろう。

カナリーは急いでルルを連れて食堂を出た。

客人に見つかる前に素早く部屋に戻ろうとしたが、タイミングが悪かったらしい。

二階へと上がる廊下の前で、ばったりと来客に遭遇してしまった。

フィデルと並んで立っていたのは、立派な服を着た癖のある赤毛の男だった。

年はフィデルよりも少し上だろうか。整った顔立ちをしているが、細く吊り上がった目がどこか意地悪そうに見える。

フィデルはカナリーを見た途端、しまったという顔をした。

それに気づいた赤毛の男は、にやついた笑みを浮かべる。

「これは、これは。変わった格好のお嬢さんだ。新しい使用人かな？」

「……妻のカナリーだ」

フィデルに紹介されて、カナリーはすぐさま謝罪したくなった。

彼に恥をかかせないために部屋に戻ろうとしたのに、なんと間の悪いことだろうか。

こうなっては仕方がない。カナリーは逃げたい気持ちを我慢して、ピンと背筋を伸ばした。

「カナリー・ヴァランティスです。このようなお見苦しい格好で失礼いたします」

せめて少しでもまともに見えるように、丁寧にカーテシーをする。

「これは失礼！　まさか奥方とは思いもしませんでした。バラチエ家は清貧《せいひん》を尊《とうと》ぶお家柄だったのでしょうか。それならば、フィデルもドレスのひとつでも贈ってやればいいものを」

男は大袈裟に驚いてみせてから、喉奥で笑いをこらえるようにしてカナリーを見下ろす。

カナリーの質素な服をネタに、フィデルを甲斐性なしだと貶《おとし》めたいらしい。

「フィデル様には良くしていただいております。先ほどまで魔術の研究を行っていたため、動きの邪魔にならぬよう、このような格好をしておりました」

カナリーは事情があってこの服を着ているのだと説明する。

しかし、それさえも嘲《あざけ》りの対象となってしまうらしい。

「ああ、そういえば、バラチエ家のご令嬢は魔術狂いとの噂でしたね。女性でありながら、髪を乱してまで研究されるとは、ずいぶんと熱心なご様子だ」

貴族女性が魔術に傾倒するのは褒められたことではない。それを暗に示唆されて、カナリーは顔には出さないようムッとした。

ボサボサに編んだカナリーの髪を馬鹿にした男は、次はフィデルに視線をやる。

「領地を守るためとはいえ、なりふり構わない姿勢は尊敬するよ、フィデル。いや、似合いの奥方を見つけたと祝福するべきかな？　魔物の子にはぴったりだ」

「そうだな、良縁に恵まれたと思っている。ところで、パスカル。妻の挨拶《あいさつ》を受けたのに、名乗りを返さないのは失礼ではないか？」

こんな妻しか見つけられなかったのかという嫌味をさらりと受け流して、フィデルは失礼を指摘した。きちんと名乗ったカナリーに対して、名乗り返していないのは貴族にとってはマナー違反だ。

「……ああ、すまない。奇抜な奥様に動揺してしまったようだ」

男は微《かす》かに眉を寄せてから、カナリーへと向き直る。

「僕はパスカル・トラックル。ペペトに南接するラーランド領の領主をしております。フィデルとは従兄弟《いとこ》の関係ですので、以後お見知りおきを」

フィデルの従兄弟《いとこ》と聞いてカナリーは驚いた。

カナリーの記憶が正しければ、彼は昨日の結婚式に出席していなかった。そこまで関係の深い相手なら、普通は式に招待するのではないだろうか。

「パスカルは所用で昨日の式に来られなかったらしい。代わりに今日、改めて挨拶《あいさつ》に来たのだそうだ。先触れもなくこんな時間に来訪するなど、トラックル領の伯爵はよほど忙しいのだろう」

カナリーの困惑に気づいたフィデルが、皮肉を交えて説明してくれた。

なるほど。つまり、式には招待したけれど、パスカルは出席しなかったのだ。

「もちろん、僕も式に参列したかったのだけどね。なにせ、フィデルの結婚式なんて一生見られないと思っていたからさ。ただ、田舎《いなか》のペペトと違ってラーランドは栄えているから、色々と忙しいんだよ」

フィデルの皮肉を受けて、パスカルも嫌味たっぷりな言葉を返す。

どうやらこのふたり、とても仲が悪いらしい。

このやりとりを見ているだけで、ふたりが互いに嫌い合っていることが分かった。

「それで、お忙しいトラックル伯爵は、どのくらい我が屋敷に滞在されるおつもりで？」

「ゆっくりしたいのは山々だけど、辛気臭い田舎《いなか》は性に合わなくて。素朴で清貧《せいひん》な奥方にも会えたことだし、挨拶《あいさつ》だけで失礼させていただくよ」

パスカルはそう言うと、ひらひらと手を振って身を翻《ひるがえ》した。

どうやら、本当に顔を出しただけですぐに帰るつもりらしい。

「ルル。お客様がお帰りだ。馬車まで送ってさしあげなさい」

「畏《かしこ》まりました」

カナリーの後ろに控えていたルルに、フィデルが命令する。

パスカルとルルが立ち去ったのを見て、カナリーはほっと息を吐き出した。

「妙なのに見つかって、災難だったな」

「お客様に会う前に部屋に戻ろうと思ったんですが、タイミングが悪かったみたいです。せめて、もっとまともな服を着ていれば良かった」

素朴で清貧《せいひん》。つまり、貧乏臭くて地味で冴《さ》えない女だと言われたのだ。

カナリー自身がそう評価されるのはいいのだけれど、こんな奇抜な女しか娶《めと》れないのだと、フィデルまでもが貶《おとし》められたのが悔しい。

「気にするな。君がどんな服を着ていても、あいつは嫌味を言っただろうよ。とにかくパスカルは私が気に入らないらしいからな」

「仲がいいようには見えませんでした。従兄弟《いとこ》なんですよね？」

「ペペトは、父が伯爵位を授与された際にラーランド領から切り取る形で治めることになった土地だ。もし私が期限までに結婚できなければ、ペペトは以前のようにラーランド領になったはずだった。パスカルからすれば、私に結婚してほしくなかったんだろうよ」

どうやら複雑な因縁があるらしい。

ペペトのラーランド領からの切り取りは、トラックル家としては面白くなかったのだろう。それが、ようやくラーランドに返還されると思ったところにカナリーが突然奥方としてやってきたので、パスカルの失望はかなりのものだったはずだ。

パスカルが先日の結婚式に出席しなかったのも、あえてこんな時間に屋敷に挨拶《あいさつ》に来たのも、その辺の事情が絡んでいるのかもしれない。

「領土の問題が関係しているんですね」

「そうだ。もっとも、パスカルは昔から私を嫌っていたがな。嫌いならば無視すればいいものを、何かあるたびに突っかかってくるのだから面倒臭い」

フィデルもパスカルが嫌いなのだろう、忌々《いまいま》しそうに鼻を鳴らした。

並び合う領地の領主で、見たところ年齢も近そうだ。

パスカルはフィデルにライバル心のようなものを抱いているのかもしれない。

「パスカルの言葉なんて気にすることはない。君は自分の着たい服を着て、自由に過ごしていいのだから」

「ありがとうございます。でも……」

カナリーは自分の身体を見下ろした。

動きやすさを重視した、地味な服装だ。顔だって化粧のひとつもしていない。

どこからどう見ても、伯爵夫人として相応《ふさわ》しい格好ではなかった。パスカルに嘲笑されても仕方がないだろう。

「フィデルに恥をかかせてしまったなって思って。それに……やっぱり、地味ですよね」

今までどんな服を着ても、誰に嘲笑されても気にならなかった。

だけど、フィデルの隣に並んだときに恥ずかしいと思われるのは嫌だ。

カナリーと結婚したことで、彼に悪評が立つのは避けたい。

（それに、口に出して言わないだけで、フィデルにもみっともないって思われているかもしれ

ない）

そう考えたら、胸の奥が微《かす》かにひりついた。

急に、地味な黒い服やボサボサの髪がみっともなく感じる。

他人からの評価を気にしたことなんてなかったのに、フィデルにどう思われているかは気になるのはいったいどうしてだろう。

「好きで着ているのではないのか？」

「研究をするとき、ドレスだと動きにくいんです。この服は袖のところがボタンで留められるから、邪魔にならないのがありがたくて」

ただ、もう少し可愛いデザインでも良かったかもしれない。

よく考えれば、黒一色というのは年頃の娘が着る服ではない。

「す、好きで着ているわけじゃないんです。その、他に選択肢がなかっただけで」

なんだかとても恥ずかしくなって、カナリーは慌てて言い訳をした。

けれどもフィデルはカナリーの服装には興味がないようで、涼しい顔をしている。

「なるほど。たしかにドレスは仕事をするのに向いた服ではないな。……ところで、君はもう夕食を済ませたのか？」

「あ、まだです。食べようと思ったときに、来客があったと知らされたので」

「では、共に食事をするか。君はまだ朝から何も食べていないんだろう？」

そう言って、フィデルはカナリーと共に食堂へと向かう。

フィデルと一緒に食事ができるのだと思うと、カナリーの胸がなぜか弾んだ。

カナリーがフィデルと結婚して、二カ月ほど経過した。

ペペトでの暮らしはとても充実している。カナリーがずっと研究していても誰も文句を言わないし、研究費だって気にしなくていいのだ。

ルルが時間を管理してくれることで、食事を逃すこともなくなった。

カナリーの意識も変わって、バラチエ家にいたときのように、徹夜で研究し続けるのをやめた。

きちんと睡眠をとって、規則正しい生活をしただけで、なんだか健康になった気がする。

痩せすぎだった身体には少しだけ肉がついて、パサパサの髪にも艶《つや》が戻ったようだ。

フィデルとは、夕食のときと夜眠るときにだけ顔を合わせている。

無理に抱いたりしないと宣言した通り、彼がカナリーに手を出すことはなく、眠る前に少しだけ会話をするのが心地よかった。

フィデルに会うのが楽しみで、夕食だってわざわざ食堂へ向かうようにしているのだ。

こんな風に、誰かと共にいるのが心地よいと思ったのは初めてだった。

ことあるごとに研究をやめろと注意してくる家族との時間は居心地が悪かったが、フィデルに対してはそれをまったく感じない。

(フィデルは私の研究を認めてくれているから、一緒にいて楽なのかしら)

とにかく、結婚する前より何倍も毎日が楽しいのは間違いない。

カナリーはフィデルに感謝していたし、彼のために何かしたいと思うようになっていた。

そんなある日、いつものように研究室にこもっていたカナリーのもとに、フィデルがやってきた。

「研究の邪魔をしてすまない。今からペペトの視察に出かけるが、よければ共に来ないか？」

フィデルに言われて、カナリーは驚いた。

こんな風にどこかに出かけようと誘われたのは、初めてだったからだ。

「私が行ってもいいんですか？」

「君はまだ屋敷の外に出ていないだろう？　ここで暮らしているのだから、少しは街を見てみるのもいいのではないかと思ったんだ」

フィデルの言う通り、結婚してからずっとカナリーは研究室にこもってばかりだ。

望んでそうしていたのだけれど、フィデルと一緒に街に行くのは、なんだかとても魅力的に思えた。

普段なら研究を優先するのだけれど、それを中断してもいい。

「行きたいです。一緒に行きます」

「そうか。では半刻後に出発するので、準備をしてくれ」

街に出かけるということで、カナリーは久しぶりにドレスに着替えることにした。

自分で編んだボサボサの三つ編みも、ルルに結い直してもらう。せっかくのお出かけなのだからと、ルルは化粧まで施《ほどこ》してくれた。

「とってもお似合いですよ、奥様。式のときも思いましたが、奥様は化粧映えのする綺麗なお顔立ちですね」

ルルはそう言って褒めてくれるが、カナリーはどうにも落ち着かない気持ちになった。

カナリーの顔は地味なので、化粧をすると本当に別人のようになるのだ。

ぼんやりとした目元がくっきりとして、目がいつもよりも大きく見える。しかも、頬紅のおかげで痩せた頬がふっくらと見えて、輪郭まで変わってしまったみたいだ。

たしかに綺麗だとは思うのだけれど、なんだか嘘をついているように思えてくる。

「パスカル様も、今の奥様を見ればあんな嫌味を言わなかったでしょうに」

「ルルの腕がいいからよ。それに、化粧を落とせば地味なのに変わりはないもの」

ルルに褒められるのをむず痒《がゆ》く思いながら、ロビーへと向かう。

扉の前には、外出の準備を終えたフィデルが待っていた。

彼は珍しくめかし込んだカナリーを見て、ふっと笑みを作った。

「化けたな。別人に見える」

「フィデル様。こんなに美しい奥様を見て、他にお伝えすることはないんですか」

フィデルのそっけない言葉に、ルルが憤慨したように言う。

褒めてもらいたい気持ちはあったが、そんな風に催促されるのは恥ずかしい。

やめてくれと思っていると、フィデルは心外だと言わんばかりに肩をすくめた。

「カナリーが化粧映えするのは、式のときに気づいていた。もともと、バランスのいい顔をしているんだ。着飾れば美しくなるのは当然だろう？」

さらりと言われた言葉に、カナリーは顔を赤くした。

（バランスのいい顔って、あの地味顔が⁉）

まさか、フィデルがそんな風に思ってくれていたとは。化粧をした姿を褒められるより、よほど照れくさい。

「出発するぞ。早く馬車に乗れ」

「は、はい！　ルル、いってきますね」

慌ててルルに出発の挨拶《あいさつ》をして、カナリーは馬車に乗り込んだ。


ペペトはトバリース王国の最北にある、小さな領地だ。

そのほとんどが森で、森の南にある集落がペペト領の唯一の街である。この街もペペトと呼ばれていて、カナリー達が暮らす屋敷はここに建てられていた。

森を開墾した農地もいくつかあるが、ペペトの主な産業は狩猟だ。

それゆえ、ペペトの民は屈強な人が多い。各々《おのおの》鍛えられた身体に武器を装備して、街を闊歩《かっぽ》している。

「なんだか、強そうな人が多いですね」

「森には魔物も出るからな。ペペトには戦える人間が多い」

ペペトは魔力が豊富な土地だった。それに関係しているのか、森には多くの魔物が棲んでいるらしい。

魔物の素材は王都で高く売れるし、森で採れる植物なんかも売れるものが多いのだ。森で得た素材を王都で売るのが、この街の主な財源になっている。

「ここから王都まで素材を売りに行くのは大変そうですね」

国の最北にあるペペトから王都は遠い。馬車を走らせても二日はかかる。

もちろん素材を運ぶのは商人だろうが、売る場所が遠ければ遠いほど輸送費がかかるはずだ。

「道中、魔物や盗賊も出るからな。輸送コストが減れば、ペペトはもう少し豊かになる。君の研究を支援するのは、それが理由でもあるな」

「転移魔術ができれば、輸送が楽になりますもんね」

フィデルが高価な素材を援助してくれる理由が分かった。趣味に費《つい》やすにしては、贅沢すぎると思っていたのだ。

カナリーがなるほどと頷いていると、フィデルは少し居心地が悪そうな顔をした。

「利己的な私を軽蔑したか？」

思いもよらなかったことを問われて、カナリーはぶんぶんと首を左右に振った。

「とんでもない。むしろ、いい領主様なんだなって思いました。好きな研究ができて、それがペペトの役に立つかもしれない。それって最高ですよ」

ペペトのための投資だと言われた方が、カナリーの我侭《わがまま》を叶えるために散財していると言われるより、よほど信頼できる。

研究結果をペットのために使うことにも抵抗はない。

むしろ、これだけ援助してもらっているのだから、どうにか役立ててほしいものだ。

「それだけ期待されているんだって思えて嬉しいです」

誰かに期待されることなんてなかったから、フィデルの気持ちがくすぐったくて心地よい。

こうして街に出ると、そこで暮らしている人達の顔が見える。カナリーが転移魔術を完成させれば、彼らの生活が向上するかもしれないのだ。

それは、ただ好きだからと魔術を研究するよりも、ずっと意義のあることに思えた。

カナリーが街に出てみて良かったと思っていると、ゆっくりと馬車が停止した。

「着いたぞ」

どうやら、視察には目的地があったらしい。

小さな店の前で馬車を停めて、フィデルはカナリーに一緒に来るように言った。

木製の扉を開けると、カランと小さくベルが鳴る。店の中には色とりどりの布が置かれていた。

どうやらここは衣服店らしい。

トルソーにかけられたドレスを確認していたのは、三十前後の女性だ。おそらく彼女が店主なのだろう。フィデルの姿を見て、彼女は慌てて駆け寄ってくる。

「領主様！　ご連絡いただければ、屋敷までお伺《うかが》いしましたのに」

「突然訪ねて悪いな。視察のついでに取りに来たんだ。例のものはできているんだろう？」

「もちろんです。すぐにお持ちいたします」

店主はそう言うと、急いで別室へと向かった。

どうやら、フィデルはこの店で何か注文をしていたらしい。

少しすると、彼女は若草色の美しいドレスを持って戻ってきた。

「こちらでございます。ご注文通りに仕上がったと思うのですが、いかがでしょうか」

「ふむ」

フィデルは頷いてから、じっとドレスを検分する。

てっきりフィデルの服を作ったのかと思ったが、彼はドレスを注文していたようだ。

フィデルがドレスを着るはずがないので、女性への贈り物だろう。

(もしかして、誰かに贈るのかな?)

フィデルが誰かのドレスを考えて、注文した。そう思った瞬間、ズキンと胸が痛んだ。

フィデルが別の女性にドレスを贈るのは嫌だと思ってしまったのだ。

「あの、そのドレスは?」

「ああ、これは君のものだ。すまないが、合わせてみてくれないか?」

「私のために作ってくれたんですか?」

自分への贈り物だと言われて、モヤモヤした気分がスッと消える。

ドレスを贈られて嬉しいと思ったことはないのに、このドレスが自分のもので良かったと安心したのだ。

けれども、どうして突然ドレスを贈ってくれる気になったのだろうか。

「普通のドレスは動きにくくて嫌なんだろう？　普段使いができる、研究の邪魔にならないものを考えてみた」

どうやら彼はカナリーがドレスを嫌がっているのを知り、このドレスをわざわざ考えてくれたらしい。

もしかしたら、パスカルの件で彼も思うところがあったのかもしれない。

フィデルからドレスを受け取って、カナリーはじっくりと眺めた。

若草色のドレスは、飾りこそ少ないが品のいいデザインをしている。普段着ているワンピースのように袖の部分が細くなっていて、調合の邪魔にもならなそうだ。

「あの、着てみても構いませんか？」

「もちろんでございます。それでは、こちらへ」

別室に案内されて、カナリーは店主にドレスを着せてもらう。

スカートの膨らみが抑えられているので動きやすそうだし、ずっと着ていても苦しくならないよう、コルセットを必要としない作りになっていた。

「シルエットよりも着心地を優先するようにとのご注文でしたが、いかがでしょうか？」

「動きやすくて、すごく楽です」

袖や裾の装飾は少ないが、動きの邪魔にならない胸元や腰回りにはレースがついているので豪奢《ごうしゃ》に見える。

身体のラインを綺麗に見せるためではなく、魔術の研究をするカナリーのために考えて作られたドレスなのだと分かって、喜びが湧き上がってくる。

ドキドキしながらドレスに着替えて、フィデルのところへと戻った。

彼の視線がじっと全身に注がれて、カナリーは少し緊張する。

「あの、どうでしょうか？」

「思った通り、よく似合う」

ふっとフィデルの口元が綻《ほころ》ぶのを見て、一気に鼓動が速くなった。

フィデルにドレスを贈ってもらったこと、そして彼に褒められたことが嬉しくてたまらない。

「着心地はどうだ？」

「最高です！　まったく苦しくないし、作業の邪魔にもならなそうです」

「そうか。では調整を済ませたら屋敷に届けさせよう。似たような型で、いくつか替えも作るといい」

「ありがとうございます。すごく、嬉しいです！」


ドレスの調整を終えると、カナリー達は馬車に戻って視察を続けた。

フィデルは他にもいくつかの商店に立ち寄って、住民から情報を集めていたようだ。

視察を終えて屋敷へと戻る頃には、すっかりと日が傾いていた。

「今日は本当にありがとうございました」

「せっかくペペトに来たんだ、こうして自分の住む街を見るのもいい経験だろう」

本当にその通りだった。

ペペトについて新しい知見を得ることができたのも収穫だが、今日フィデルと共に外出したことで、彼の新しい一面が見られた気がした。

必要に迫られて結婚した相手のはずなのに、フィデルはよくカナリーのことを見ているし、カナリーが過ごしやすいように気にかけてくれる。

ドレスを着ろと叱るのではなく、カナリーが着たくなるようなドレスを用意してくれたのだ。政略結婚の相手としてではなく、カナリー自身を見てくれているようで、それがすごく嬉しかった。

（結婚した相手が、この人で良かった）

研究室に釣られた結婚だったが、それを抜きにしても、フィデルの側は居心地がいい。

こんなにもカナリーに合った嫁ぎ先など、きっと他にないだろう。

フィデルと結婚したおかげで、カナリーは両親の圧力から解放されて、自由に過ごせている。

カナリーを結婚相手に選んでくれて良かったと、今は心からそう思っていた。

「一緒に視察して、フィデルがとてもペペトを大事にしているんだって分かりました。研究はもちろん頑張りますが、それ以外でも、力を貸せることがあれば何でも言ってください」

フィデルには本当に感謝している。フィデルの力になりたいし、彼やペペトの役に立ちたい。

カナリーがそう言うと、フィデルは考えるように口元に手を当てた。

「君に協力してもらいたいことならあるが……」

「教えてください！」

前のめりになって身を乗り出すと、フィデルは言いづらそうに切り出した。

「以前にも言ったが、跡継ぎが欲しい。可能であれば、養子ではなく私の血を引く子が。君と結婚したことでペペトは私が治めることになったが、後継者がいなければ、いつまたラーランドに吸収されてしまうか分からない。できればそれは避けたくてな」

それはフィデルにとって、切実な問題なのだろう。

貴族にとって跡継ぎは非常に大事なことであるし、領地のことを思えばなおさらこの問題を解決しなければならない。

けれどもカナリーにとって、その願いは少し刺激が強すぎる内容だった。

「跡継ぎって……私とフィデルの子ども、ですよね？」

ドキドキしながら確認すると、フィデルは不愉快そうに眉を寄せた。

「私に愛人を作れと？　婚外子は問題の種になることが多い。養子を迎えることがあったとしても、婚外子を作るつもりはないぞ」

「ち、違います！　そんなことは勧めていません！」

フィデルがとんでもないことを言い出したので、カナリーは慌てて首を横に振った。

フィデルが愛人を作ると想像するだけで、なんだか嫌な気持ちになる。できれば、そんなことはしてほしくない。

「愛人なんて作らないでください。子どもが必要なら……わ、私が頑張りますから」

カナリーは真っ赤になって俯《うつむ》く。最後の方は消え入りそうな声になった。

これでは、自分を抱いてくださいと言っているようなものだ。

夫婦なのだから何もおかしくないのだけれど、それでも恥ずかしいものは恥ずかしい。

「……いいのか？」

蚊の鳴くようなカナリーの声は、フィデルの耳にも届いたらしい。

目を丸くして確認を取る彼に、カナリーはこくりと頷いた。

結婚前にも言われていたことだし、カナリーだって嫁いだからには覚悟を決めていた。

「そうか。では今夜、君を抱く」


今夜抱くと宣言されてから、カナリーはとにかく落ち着かなかった。

そわそわしすぎて食事の味も分からなかったし、湯あみでは何度も何度も身体を洗った。

「奥様、視察で何かございました？　ご様子がおかしいようですが」

「なんでもないわ！　なんでもないのよ、ルル。……ところで、初夜に着たあのナイトドレスはまだあるかしら？」

あのときのナイトドレスはとても薄い生地で、官能的だった。

ただ眠るだけなのにこんな刺激的な服を着るのはどうにも落ち着かなくて、カナリーは翌日からもっとしっかりした生地の夜着を用意してもらったのだ。

けれども、今日こそあのナイトドレスが相応《ふさわ》しいのではないだろうか。

カナリーがそわそわしながら尋ねると、ルルはとてもいい笑顔で大きく頷いた。

「すぐにお持ちいたしますね」

ルルに変に思われないか不安だったが、彼女はてきぱきとカナリーの望みを叶えてくれた。胸元にいつもよりたっぷり香油を塗ったのも、彼女なりの気遣いだろう。

入念に準備を済ませて寝室へ移動すると、ルルが部屋を出ていった。

ベッドでフィデルを待つ間も、カナリーの心臓は落ち着かない。

(もしかして、気合を入れすぎたかしら)

肌が透けたナイトドレスを見下ろして、カナリーは恥ずかしくなる。

フィデルにとって、カナリーを抱くのは義務なのだ。

跡継ぎを残すという目的のためにそうするだけで、カナリーに気があるわけではない。

そうだと分かっていても、緊張で汗が噴き出すし、速くなった鼓動は治まらない。

カナリーが自分を落ち着かせるように枕を抱いていると、ゆっくりと部屋の扉が開いてフィデルが戻ってきた。

「待たせたようだな」

緊張した様子のカナリーを見て、彼はふっと口元を緩《ゆる》める。

(この顔、好きだなあ)

フィデルは普段、あまり笑わない。

けれど、時々こうして柔らかい表情を向けてくれることがある。

彫像のように整ったフィデルの顔は一見近寄りがたい雰囲気だが、こうして少し緩《ゆる》むだけで、受け入れてもらえたような気分になるのだ。

カナリーがフィデルの顔に見とれていると、ギシリとベッドが軋《きし》んだ。

フィデルがベッドに上がって、カナリーとの距離を詰める。

「緊張しているのか？」

「えっと、はい。私はこういう経験がないので……」

「貴族女性であれば当然だろう。まぁ、中には奔放な女性もいるが」

奔放な女性。もしかして、フィデルは過去にそういう女性と身体を重ねたことがあるのだろうか。

尋ねるのはマナー違反かと思ったが、どうしても気になってしまう。

「その、フィデルは経験があるんですか？」

「娼婦を相手に、教育の一環として手順は学んだ。だが、最後までは行っていない」

どうやら彼は閨《ねや》教育を受けたらしい。貴族ならばよくあることだ。

恋人がいたという返事ではなかったことに、カナリーはなぜだか少し安心する。

「こういった行為は、女性の負担が大きいと学んだ。できるだけ負担にならぬよう努力しよう」

「はい、よろしくお願いします」

カナリーはベッドの上でピンと背筋を伸ばした。

カナリーは経験もなければ、閨《ねや》教育を受けたこともない。

であれば、フィデルに任せた方がいい。

「まずは、口づけをする」

「は、はい」

宣言をしてから、フィデルの手がカナリーの頬に添えられた。

フィデルの指はゴツゴツと太く男性的で、触れられただけでドキドキしてしまう。

ゆっくりと端整な顔が近づいてきて、カナリーは瞼《まぶた》を閉じた。

「んっ……」

柔らかく温かい感触が唇に触れて、かと思えば、すぐに離れていった。

「どうだ、嫌ではないか？」

短いキスのあとに、フィデルは丁寧に確認する。

この状態でカナリーの気持ちを尊重してくれる律義さに、自然と笑みが零れた。

「大丈夫です。嫌じゃありません」

不思議とフィデルとのキスに嫌悪はなかった。代わりに胸がドキドキして少し苦しい。

「では、次はもう少し長く触れる。嫌だったら言ってくれ」

再びフィデルの指が頬に添えられて、唇が重なった。先ほどよりも少し強く押しつけられているようだ。だが、またしてもすぐに離れてしまう。

長く触れると言ったのに短かった口づけに、どうしたのかとカナリーが目を開けると、フィデルは自《みず》らの唇に触れて戸惑うような顔をしていた。

「どうかしましたか？　もしかして、嫌でした？」

カナリーはフィデルのキスが嫌ではなかったが、フィデルは違ったのだろうか。

そうだったら少し悲しいと思っていると、フィデルは首を左右に振った。

「いや、君の唇は柔らかいなと思って、驚いた」

たしかに、カナリーもフィデルの唇が柔らかいと思った。けれど、それほど驚くようなことだろうか。

「閨《ねや》教育で経験したのでは？」

「そうなのだが、君との口づけは何かが違う気がする」

「それは、私が慣れていないからではないでしょうか？」

「そういう理由ではないと思うが……もっと、触れても構わないか？」

カナリーが頷くと、再び唇が重なった。

今度は先ほどよりもずっと長い。フィデルはカナリーの後頭部へと手を移動させて、角度を変えて何度も口づける。

「っん……む……ぁ……」

キスの合間に微《かす》かに吐息が漏れた。

少し薄い彼の唇が、カナリーのそれを優しく挟み込む。

その感触と、フィデルにキスをされているという事実に身体が熱くなった。

（あ、これ、気持ちいいかも……）

唇を重ねているだけなのに、頭の奥が熱に浮かされたような気持ちになる。

フィデルとの口づけに酔いしれていると、不意にぬるりとした感触が唇を這った。

カナリーの唇をなぞったのは、フィデルの舌だ。それは形を確かめるように唇の上を往復したあと、隙間からカナリーの中へと入り込んできた。

「っ……むぅ……んっ！」

口づけという行為は知っていたが、こんな風に口内まで犯されるものだと思っていなかった。

カナリーは驚いたが、どうしてか不快感はない。

知識がない自分はフィデルに任せた方がいいだろうと、彼の行為を必死で受け入れる。

フィデルの舌は熱く柔らかく、けれどもどこか荒々しかった。カナリーの口内を容赦なく弄《まさぐ》り、歯列をなぞっては舌を絡ませる。

彼の舌が動くたびに、くちゅりと唾液が混じる音が鳴るのが、なんだか卑猥だった。

カナリーは必死で口づけを受け入れていたが、そうしているうちに少しずつ呼吸が苦しくなる。

どうにか息を吸おうと唇を離すと、後頭部を押さえつけられて、再び奥深くで繋《つな》がった。

「もっと、だ」

「ふっ……んっ……んむっ」

嫌なら言えと言ったくせに、フィデルはカナリーが離れるのを許さないようだ。

強引に口内を貪《むさぼ》られて頭の奥が痺《しび》れてくるのは、息ができないからではない。

息苦しいのに、離れたくない。もっと深く彼を味わいたい。そんな欲望が湧いてきて、気づけばカナリーも彼の背中に腕を回していた。

身体が密着して、薄布越しに感じる体温に鼓動が速くなる。

フィデルの手が後頭部からカナリーの背中へと移動して、ゆっくりと身体を撫で始めた。

肩甲骨《けんこうこつ》から腰へ。大きな手が動くと、えも言われぬ感覚が這い上がる。

もっと近くで彼を感じたくて、間にある服がなんだか邪魔なように思えた。

(直接触れてほしい……)

そんな欲が湧いた途端、フィデルの唇が離れた。

「あ……」

呼吸が楽になると同時に、離れた唇を寂しく思う。

「カナリー」

名前を呼ばれて、カナリーの心臓が大きく跳ねた。

吸い込まれるように、再び唇が重なった。それと同時にフィデルの手がナイトドレスの結び目へと向かい、シュルリとその紐を解《ほど》いた。

慎ましやかなカナリーの胸が、フィデルの眼前に晒《さら》される。

「んっ……」

肌を暴かれ、カナリーは羞恥《しゅうち》に身体を震わせる。

思わず声を上げそうになったが、唇はフィデルに塞がれているのでそれも叶わない。

くちゅりと音を立てて舌が絡まる。フィデルはカナリーの唇を堪能しながら、掌《てのひら》を膨らみへと伸ばした。

形を確かめるように柔らかな胸に触れられて、カナリーの心臓が暴れ出しそうなほど速くなる。

（ドキドキしているのが、フィデルにも伝わってしまいそう）

なんだか不思議な気分だった。

肌を見られるのが恥ずかしいのに、もっと触れてほしいような気にもなる。

蹂躙《じゅうりん》され続けている唇はふやけてしまいそうなのに、離してくれとは思わない。

フィデルの掌《てのひら》が小さな膨らみの上で遠慮がちに動き出した。

硬い指先が先端の尖りに触れて、カナリーはビクッと背を反らす。

そのはずみで唇が離れると、フィデルはハッとした顔をして、慌ててカナリーから手を引いた。

「……すまない。許可を取る前に勝手に触れてしまった。嫌だったたか？」

「いえ、ええと、嫌ではありません」

「そうか、良かった」

フィデルが安堵したように目元を和《やわ》らげて、再びカナリーの胸へと触れる。

先ほどよりも大胆に揉みしだかれて、カナリーの吐息が荒くなった。

そこばかりを触られていると、次第にこの小さな胸がどう思われているのか気になってくる。

「あっ、あの、すみません」

「何を謝罪している？」

「だって、その……私の胸なんて、触っても楽しくないかと思って」

カナリーの身体は細い。フィデルと結婚してから生活が改善されて少しは肉付きがマシになったが、それでも魅力に欠ける身体だと思う。

妻なのだから仕方ないとはいえ、フィデルも抱くならもっと豊満な女性が良かったに違いない。

カナリーは今まで自分の体型に興味がなかったけれど、フィデルががっかりしていないか不安になった。男性は大きな胸を好むらしい。その証拠に、コルセットは腰を細くして胸を大きく見せるように作られている。

それに、彼が閨《ねや》教育を受けたという娼婦はきっと、もっと柔らかな身体をしていただろう。

「いや。女性の胸の大小を気にしたことはないが、君の胸は触り心地がいいと思う」

「そ、そうですか」

「もっと、触っていたい」

その言葉の通り、フィデルはカナリーの小さな胸肉を執拗に揉み始める。

気に入ってもらえて安心したが、ずっと胸を触られ続けていると今度は妙な気分になってきた。

「あっ……ふぅ……ん」

荒くなったカナリーの吐息に、微《かす》かに甘い声が混じり始めた。

それを聞いたフィデルの指が、今度は先端の尖りを弄《いじ》り始める。

まだ柔らかな桃色の粒を指で弾かれ、ピリッと強い刺激が身体を走り抜けた。

「ひゃっ！」

大きな声が出たことにカナリーは驚いたが、フィデルは気にせずに指を動かし続ける。

指先でぐりぐりと転がし、かと思えば、優しくスリスリと撫でたりもする。

そのたびに、お腹の奥にジンとするような刺激が走って、カナリーは声を我慢できなくなってしまうのだ。

「はぁ、やぁ……フィデル、それ……んっ」

「嫌か？」

問いかけながらも、フィデルは指を動かし続ける。

未知の刺激に翻弄《ほんろう》されているけれど、やめてほしいとは思わなかった。

「んっ、嫌……じゃ、ないですけど、あっ……ひゃんっ」

決して嫌なのではない。

ただ、自分の身体なのに、自分では制御できない感覚に苛《さいな》まれているのが少し怖いのだ。

フィデルはカナリーの返事を是と捉《とら》えたのか、今度は両の指で尖りを攻め始める。

「ひゃぁ、あ……フィデル、なんか、変です、これ……」

「変とは？」

「お腹のあたりがムズムズして……んっ、声が止まんない……あっ、やんっ！」

ピンッと指先で粒を弾かれて、カナリーはビクンと大きく身体を跳ねさせた。

「それは、感じているのではないか？　その証拠に、君の尖りはこんなにも反応している」

フィデルに指摘されて、カナリーは自分の身体の変化に気づいた。

先ほどまで柔らかかった乳頭が、今はぷっくりと膨らんで、いやらしく立ち上がっているのだ。

フィデルの愛撫に反応してこうなったのだと気づいて、カナリーは顔を赤くした。

「やぁ……は、恥ずかしい……」

カナリーは咄嗟《とっさ》に手で胸を隠そうとしたが、フィデルに腕を掴まれて阻《はば》まれてしまう。

「隠すな、恥ずかしいことではない。愛撫されてそうなるのは、女性の健全な反応だと学んだ」

「そう……なんですか？」

「ああ。それに……君が感じている姿は、愛らしい」

「っ！」

愛らしいと言われて、カナリーの心臓がドクンと跳ねる。

劣情を帯びているような、フィデルの赤い目。その目を見つめていると、カナリーの心にも不思議な感情が湧いてくる。

もっとフィデルに触れたい。触れてほしい。

（フィデルとひとつになりたい）

胸の内に生まれた不思議な感情の正体を確かめたくて、吸い込まれるようにカナリーからフィデルに口づけた。

先ほど彼がしたように唇を押しつけ、食《は》むようにして挟み込む。

「ふっ……ん……」

自分から舌を絡めると、それに応えるようにフィデルも舌を絡めてきた。

彼とこうして口づけを交わしていると、もっとこうしていたいという欲が際限なく湧き出てくる。

彼に触れると胸が苦しくなって、それなのにやめられない。

この感情は、いったい何なのだろうか。

もう少しでその答えに触れられそうで、カナリーはフィデルの頬に手を添えた。

「……フィデル」

名前の分からない感情のまま彼の名前を呼んで、カナリーは再びフィデルに口づける。

唇が重なった瞬間、それまで情熱的だった彼が表情を変えた。

「っ……!?」

フィデルは驚いたように目を見開いた。

その目が戸惑うように宙を彷徨《さまよ》ったあと、カナリーの肩を掴んで急に身体を引き離す。

突然の彼の行動に、カナリーは戸惑った。

「すみません。もしかして、私から口づけるのは駄目でしたか?」

カナリーは閨《ねや》の知識がない。女性から何かするのはマナー違反だったのだろうか。

不安に思ってカナリーがフィデルを見上げると、彼は戸惑いながら首を左右に振った。

「ち、違う。そういうわけではないんだ。ただ……」

そう言ってカナリーから視線を逸らしたフィデルは、珍しく動揺している様子だった。

「すまない。今日君を抱くと言ったが、日を改めてもいいだろうか」

フィデルに拒絶されたことに、カナリーは思わず動揺した。

「ど、どうしてですか?　私、何かまずいことをしたんでしょうか?」

「違う、君の問題ではない。私の体調がおかしいだけだ」

「体調が?　先ほどまでお元気そうに見えましたが……」

昼間カナリーと視察をしている間も、フィデルはいたって健康そうだった。

ついさっきだって、調子が悪いように感じなかったのだが。

「そのはずだった。だが、急激な体温の上昇と動悸を感じる。それに……」

フィデルは何かを言いかけると、カナリーを見てふっと顔を背《そむ》けた。

「っ、とにかく、風邪を君にうつしてしまってはまずい。私は別の部屋で眠るから、君はここで休むように」

早口でそれだけを言うと、フィデルはそのまま部屋を出ていってしまった。

ぽつんとベッドに取り残されたカナリーは、唖然とする。

(もしかして、フィデルを怒らせてしまった？)

風邪のせいだと彼は言ったが、カナリーには避けられたようにしか思えなかった。

けれど、いったい何が悪かったのか分からない。

フィデルとの初夜に浮かれていた気持ちは、急速に萎《しぼ》んでいった。

第三章　初恋の自覚

初夜が未遂に終わったあの日以来、フィデルの様子がおかしい。

「フィデル、おはようございます」

「っ、ああ、おはよう」

挨拶《あいさつ》をしても、彼はすぐに視線を逸らして、逃げるようにカナリーの前から立ち去ってしまう。

それだけではなく、夜もずっとよそよそしい。

子どもが欲しいと言ったくせにまったく手を出してくる気配がないし、それどころかカナリーに背を向けて眠るようになってしまったのだ。

（どうしよう。私、フィデルに嫌われてしまったんだわ）

フィデルの態度の変わりようは、そうとしか考えられない。きっと気づかないうちに、何かフィデルの気分を害することをしてしまったのだ。

けれど、カナリーはいくら考えてもその原因が思いつかなかった。

彼の態度が変わったのはカナリーから口づけをしたあとからだから、それが悪かったのかもしれない。

（顔も見たくなくなるほど、下手だったのかしら）

その可能性は十分ありえた。

フィデルは娼婦を相手に閨《ねや》教育を受けたと言っていたから、きっとカナリーがあまりにも下手すぎてがっかりしたのだ。

「ルル。口づけってどうすれば上手くなるかしら」

「お、奥様⁉」

研究の休憩にとお茶を淹れていたルルが、ガチャンと食器を鳴らした。

彼女は慌てて茶器を持ち直すと、カップをカナリーの前に置いた。

「ずいぶんと真剣に悩んでらっしゃるかと思えば。突然、どうなさったんですか」

「その、私……閨《ねや》が下手なのだと思うの。それで、フィデルに嫌われてしまったかも」

少し迷って、カナリーはルルに相談してみることにした。

フィデルのことが気になりすぎて、魔術の研究にも集中できないのだ。このままでは、転移魔術の完成に支障が出てしまうかもしれない。

「フィデル様が？　ありえません」

「ありえないって、どうして？」

きっぱり否定するルルを不思議に思う。

現にフィデルは、ずっとカナリーを避けているのだ。

「フィデル様は隙あらば私を呼びつけて、奥様の様子を聞いてくるのですよ？　きちんと食事はとったのかとか、困っていることはないかとか、うるさいくらいです」

「ええと、それって、私の動向を監視しているってこと?」

「監視……まぁ、それに近いかもしれませんね。奥様のことが気になって仕方ないのです」

それほどまでにフィデルがカナリーの様子を気にしているなんて、初めて知った。

もしかしてフィデルは、転移魔術の研究結果が気になるのだろうか。

それとも、カナリーが何か問題を起こさないか心配しているのかもしれない。

「私、フィデルに信用されていないのね」

「どうしてそうなるんですか」

ルルが呆れた様子でぽかんと口を開ける。

「奥様のことを愛しているからこその行動ですよ」

カナリーはとてもそんな風には思えなかった。

ルルはカナリーとフィデルが清い関係だと知らないから、そんなことが言えるのだ。

「そうだったら良かったんだけど」

いったい、どうすればフィデルと仲直りできるのだろうか。

カナリーは重苦しい気持ちでため息を吐いて、窓の外に目をやった。

すると、門から一台の馬車が慌てた様子で屋敷の敷地へと駆け込んでくるのが見えた。

馬車から降りてきたのは商人のようで、酷く焦った様子でサントスと話している。

「何かあったのかしら」

「馬車から降りてきたのは、ペペトの商人ですね。トラブルでしょうか。サントスが対応しているみたいですが」

サントスはフィデルの補佐をしている従者だ。彼は商人と何やら話をすると、青い顔をして屋敷の中へと駆けていった。

そのただならぬ様子に、カナリーとルルは顔を見合わせる。

「なんだか不穏な空気ですね。気になるようでしたら、様子を見てきましょうか」

「そうね、ルル。お願いできる？」

「畏《かしこ》まりました」


カナリーが研究室で待っていると、しばらくして浮かない顔のルルが戻ってきた。良くないことが起きたのだと、その表情を見ればすぐに分かる。

「何があったの？」

「それが、ラーランド領内にある橋が新しくなったそうです」

ルルから返ってきたのは、意外な言葉だった。

ラーランドはフィデルの従兄弟《いとこ》パスカルが治めている、ペペトの南の領地だ。そこに新しく橋ができたことの、何が問題なのだろうか。

カナリーがよく分からないという顔をすると、ルルは詳しく説明してくれた。

トバリース王国の奥まった場所に位置するペペトの生命線は、南へと延びる一本の街道だ。ペペトから移動するには絶対に通らなければならないこの道は、南の領地にあるラーランド領に続いている。

ラーランド領内には川が流れていて、ペペトから王国内のどの場所へ向かうにしても、必ずこの川を越えないといけないらしい。

「つまり、ペペトの人が使う橋が新しくなったのよね？　それっていいことじゃないの？」

「工事だけなら良かったんですが、問題はラーランドがその橋に関所を作って、通行税を取り始めたことにあるんです」

「今まで無料だった橋が、いきなり有料になってしまったってこと？」

なるほど。それでルル達は青い顔をしていたのか。

ペペトの主な収入源は、森で得た素材の売買だ。素材を売るには商人が王都まで行かなければならず、そのためには橋を渡る必要がある。

運輸にかかる経費に、いきなり通行税が加算されることになるのだ。

「こんなの、ペペトに対する嫌がらせですよ。その橋を利用するのなんて、ペペトへ移動するときだけなんですから」

普通はそんな交通量が少ない場所に関所なんて作らないと、ルルは言う。

「私はあまり詳しくないのだけど、そんな風に領主が勝手に通行税を取れるものなの？」

「それは、場合によります。今回のケースだと、通行税の名目は橋の補修費となっているそうです。何の理由もないのに税を取ることはできませんが、実際に橋の工事を行っているため、国に訴えるのも難しいようです」

工事にかかった費用を、利益を得る人間から徴収するのはよくあることなのだとか。

街の補修ならその街に住む人間から徴収するし、道の工事ならその道を通る人間から税を取ってもいいと認められている。かかった費用以上に徴収し続けると問題視されるが、工事費の回収程度なら黙認されるらしい。

つまり、今回の通行税は国も問題にできないということだ。

もちろん、何らかの事情で橋が壊れてしまい、仕方なく工事したのであれば、通行税が取られても文句はない。けれどもその橋は、老朽化していたもののまだまだ使える状態だった。

しかも、新しい橋は必要以上に凝った造りで、過度な資金が投入されているようなのだ。

ペペトの住民に嫌がらせをするために改修されたのだと、そう思うしかない状況らしい。

「でも、そんな嫌がらせみたいなことをするかしら？」

「パスカル様ならありえますよ。あの方は、ずっとフィデル様を疎《うと》ましく思っていらしたんです。この程度の嫌がらせなら、今までだってありました」

フィデルが結婚したことで、ペペトは独立を維持できるようになった。

パスカルはそれが気に入らず、ペペトの力を削《そ》ぐことで自分からラーランド領に戻してほしいと頼んでくるように仕向けるつもりなのだろう。というのが、フィデルの考えらしい。

ペペトの商人も、そこまで金銭に余裕があるわけではない。

輸送費が上がれば、その分販売価格を高くするか買い取りを安くするしかない。

けれど、価格の変更は商品の売れ行きや他商品との競争にも関係してくるので、容易にはできない。

それで困った商人が、フィデルに相談に来たというのが事の経緯だそうだ。

「今回は、橋を通る商人に補助金を出すということで決着したそうです。でも、このような方法をずっと続けられはしないでしょう」

「他の道を作ることはできないの？」

「新しく道を作るにしても、ラーランド領を通らずにというのは難しいと思います」

つまり、ラーランド領を通り続ける限り、嫌がらせが再び起こる可能性があるということか。

今回は橋だったが、次はそれが道になるかもしれない。あるいは、盗賊をけしかけられる可能性だってある。

ペペトはラーランドに、街道という生命線を握られているのだ。

「フィデル様は、以前よりパスカル様に酷い扱いを受けてきたのです。けれども、街道の問題があるのであまり刺激しないようにと、常に耐えていらっしゃいます」

先日屋敷に来たパスカルは傲慢な態度を取っていたが、その気になればペペトを好きにできるという立地的な優位があるからこその、あの振る舞いだったのだろう。

「よし、決めた。私、一日でも早く転移魔術を完成させてみせるわ」

転移で王都まで移動できるようになれば、住民がラーランド領を通る必要がなくなる。

思えば、それこそがカナリーにできる一番の貢献だ。

どうしてフィデルに避けられているのかは分からないが、転移魔術が完成すれば彼との関係も改善するかもしれない。

そうと決まれば、休憩なんてしていられない。

カナリーはルルにティーセットを片づけてもらうよう頼むと、気合を入れて研究を再開した。

＊　＊　＊

フィデルは本日何度目になるか分からないため息を吐き出した。

領主であるフィデルのもとには、毎日色々な報告が届く。

処理しなければならない書類は山ほどあるし、ラーランドがペペトに繋《つな》がる街道に新しい橋を造ったせいで、余計な仕事が増えた。

早く片づけなければならないと思うのに、どうにも集中できずにいる。

「フィデル様、お茶をどうぞ」

指で目頭を揉むフィデルの前に、コトンとカップが置かれる。

礼を言いながら顔を上げると、サントスがもの言いたげにフィデルを見つめていた。

「それで、いつまでカナリー様を避けるおつもりです？」

「……避けているわけではない」

痛いところをつかれて、フィデルは誤魔化すようにお茶を口に含んだ。

「俺には避けているようにしか見えませんけど。今朝だって、目が合ったのにあからさまに逸らしていましたよね？」

茶葉の苦みが舌の上に広がる。ごくりとそれを飲み干して、フィデルはカップを置いた。

サントスが言うことは正しい。カナリーを避けるつもりはなかったが、彼女を抱こうとしたあの夜以来、フィデルは彼女に対してこれまで通りの態度で接することができなくなってしまった。

カナリーの姿を見ると、鼓動が速まり体温が上昇する。

彼女の唇の柔らかさや、細くしなやかな肢体が脳裏にちらつき、乱暴にその肌に食らいつきたいという欲望に駆られるのだ。

こんな経験は初めてだった。

閨《ねや》教育の一環として娼婦の肌に触れたときも、このような衝動は起きなかった。

きちんと手順を学んだはずなのに、いざ彼女を前にすると何もかもがそれと違ったのだ。

桜色の唇に触れただけで、その甘さに頭がくらくらとした。

必死に口づけを受け入れる顔がたまらなく愛らしく見えて、際限なく貪《むさぼ》りたくなる。

肌に触れるとどうしようもなく身体が熱くなり、心臓が荒ぶった。

どう考えても普通の状態とは思えず、身体の不調を疑ったほどだ。

カナリーから名を呼ばれて不意に口づけられたときは、理性が焼き切れてしまうかと思った。彼女を押し倒して、そのまま乱暴に貫《つらぬ》いてしまいたいという衝動に襲われたのだ。

女性の初めては痛い。初夜の際は入念に準備をするようにと教えられていたにもかかわらず、だ。

そんな衝動を抱いてしまった自分に驚き、フィデルは咄嗟《とっさ》にカナリーから距離を取った。そして彼女を傷つける前にと、そのまま逃げるように寝室を出たのだ。

時間を置けばこの不可解な衝動も収まるだろうと思ったのだが、一向に良くなる気配がない。

むしろ、カナリーと気まずくなって、会話する機会が減れば減るほど症状は悪化していった。

カナリーに触れたい。その肌を暴いて、無理にでも自分のものにしてしまいたい。

そんな狂暴な欲望が抑えられない自分に、フィデルは困り果てていた。

だが、このままひとりで考え込んでいても、埒があかない。

フィデルは思い切って、サントスに相談してみることにした。

「彼女を前にすると、己《おのれ》を律することができない」

サントスは何を言われたのか分からないとばかりに、きょとんとした。

「今さら何を言っているんですか。奥様なんですから、律する必要なんてないでしょうに」

フィデルとカナリーが結婚して、三カ月ほど経過している。

サントスは、まさかフィデルがカナリーを抱いていないと思っていないのだろう。

「カナリーには、まだ手を出していない」

「はあ!?　毎晩同じベッドで眠っているのに、ですか？」

サントスは信じられないという顔でフィデルを見つめた。

結婚してからこれだけの期間妻に手を出さないというのは、普通ではないのだろう。

夫婦仲が冷めきっているならばともかく、フィデルとカナリーはそれなりに友好的な関係を築いていたのでなおさらだ。

「まさかフィデル様、男性機能に問題があったり？」

「馬鹿を言うな。私の身体は健康だ」

「だっだら、カナリー様に魅力を感じないとか？」

フィデルは首を横に振って彼の言葉を否定する。

魅力を感じないのであれば、これほどの衝動を抑える必要はなかっただろう。

むしろ、魅力的すぎるからこそ困っているのだ。

「カナリーとの結婚は政略的なものだ。しかも、私の都合で婚約期間を設《もう》けなかった。だから、彼女に心の準備を整える時間を与えるべきだと思ったんだ」

「はぁ。それで、カナリー様はまだ準備ができていないと？」

「いや。彼女は私を受け入れてもいいと言ってくれた」

「じゃあ、いったい何が問題なんですか！」

理解できないと言わんばかりに、サントスは頭を抱えた。

カナリーにフィデルを受け入れる気があって、フィデルは彼女を抱きたいと思っている。

ならば欲望のままに彼女を抱けばいいのだろうが、そうするにはフィデルにためらいがあった。

「閨《ねや》教育は受けた。だが、彼女を前にすると歯止めが利かなくなる。習ったことを実行できそうにないんだ」

女性に負担がかからないように、相手の反応をよく見ろと教えられた。

けれども、カナリーを前にすれば理性が焼き切れて、きっと衝動のままに彼女をめちゃくちゃにしてしまうだろう。

フィデルがぶすっとした顔で打ち明けると、サントスは納得したように小さく頷いた。

「そうですか、なるほど。フィデル様って恋人を作ったこともありませんもんね」

サントスはそう言って、突然ニヤニヤと楽しそうな笑みを浮かべた。

「何を笑っている？」

「いえ。俺でもフィデル様に教えられることがあるんだなって思うと、嬉しくて」

サントスの笑みを不快に感じたが、男女のことに関しては彼の方が詳しいのは間違いない。

アドバイスがあるなら黙って聞こうと、フィデルはサントスの言葉を待つ。

「愛しい相手を抱けるとなれば、歯止めが利かなくなるのは当然ですよ。知識通りになんていきません。経験がないならなおさらです」

「愛しい相手？」

思いがけないことを言われて、フィデルは目を瞬《またた》いた。

けれどサントスにはその反応こそ意外だったようで、フィデル以上に驚いた顔をする。

「えっ、まさか無自覚だったんですか!?　フィデル様、どう見てもカナリー様にベタ惚れですよね？」

「待て。私がカナリーに惚れているだと……？」

周知の事実のように言われて、フィデルは動揺した。

フィデルは誰かに恋愛感情を抱いた経験がない。

カナリーのことは好ましく思っているが、それが恋だとは考えてもみなかった。

「うわぁ。フィデル様、政務はできるのに情操方面はダメダメですね。まぁ、髪や目のことで幼い頃から色々言われてきましたし、仕方がないかもしれませんが」

サントスは子どもに言い聞かせるように、ピンッと人差し指を立ててフィデルに質問する。

「気がつくと、カナリー様のことを考えていますよね？」

「……考えているな。しかし、妻に気を配るのは夫の義務だろう？」

「フィデル様の場合、義務の範囲を超えています。『研究しておられます』以外の返事が来るはずないのに、ルルに一日何回カナリー様の様子を尋ねていると思っているんですか」

妻がきちんと昼食を食べたかどうかなんて、夫が気を配る必要のないことだとサントスは言う。

たしかにそう指摘されれば、フィデルは夫の義務以上にカナリーの行動を意識していた。

けれどもそれは、相手がカナリーだからだ。放っておけば寝食を忘れて研究しかしないような人間なのだから、気になってしまうのは当然だろう。

「無理にペペトに来てもらったのだから、気を配るのは当然だ」

「じゃあもし、カナリー様に『他に好きな人ができたから離縁したい』って言われたらどう思います？」

もし、カナリーに好きな男ができたら。

想像して、フィデルは胸を抉《えぐ》られるようなショックを受けた。

たとえ話だと分かっていても、想像するだけで鉛《なまり》を呑み込んだように胃の奥が冷たくなる。

打ち明けられた瞬間、それはいったいどこの誰だと問い詰めてしまうだろう。とてもではないが、彼女の恋を応援することなんてできない。

相手を見つけて、追い詰めて、彼女から手を引けと脅す自分が想像できた。

カナリーは自分の妻なのだ。他の誰にも渡すものか。

自分以外の男が、カナリーに触れるなど許せない。

どろどろとした独占欲が湧いてきて、物騒なことを考えた自分に驚く。

まさか、ここまで激しい気持ちを彼女に抱いていたとは。

サントスに指摘されて、フィデルもさすがに自分の気持ちを自覚した。

「そうか。私はカナリーに惚れていたのか」

「やっと自覚しましたね？　俺達はとっくに気づいていましたよ」

どうしてカナリーを前にしたときだけ、不可解な衝動が湧き上がるのか。

気持ちを自覚して、ようやくその理由が腑《ふ》に落ちた。

カナリーを特別に思っているからこそ、彼女を前にして冷静でいられないということなのだ。

「気づいたなら、早くカナリー様に伝えた方がいいですよ。フィデル様に避けられて、落ち込んでらっしゃるようでしたから」

「私は避けてなどいない」

「はいはい。カナリー様にどう接していいか分からなかっただけですよね？　でも、ちゃんと誤解だって伝えないと、愛想を尽かされてしまうかもしれませんよ」

サントスの忠告を受けて、フィデルはひやりとした。

もしカナリーに嫌われてしまったらと思うと、いてもたってもいられなくなる。

「カナリーに会いに行く」

フィデルは焦燥に駆られて執務室を出た。

カナリーはいつも研究室にいるので、会おうと思えばすぐに会える。

けれども彼女のもとに向かう途中で、フィデルの足は止まってしまった。いったい、何と言って研究室に入ればいいか思いつかなかったのだ。

フィデルがカナリーに会う口実を探していると、大きな長椅子を抱えたルルが部屋から出てきた。

「何をしている？」

「あ、フィデル様。今から研究室に長椅子を運び込むところだったんです」

「長椅子を？　研究室にはすでに椅子があるだろうに」

わざわざ長椅子を欲するのを不思議に思い、フィデルは首をかしげる。

「仮眠用に使いたいみたいですよ。奥様、転移魔術を完成させるんだって張り切っていらっしゃって。今夜から研究室に泊まり込むつもりらしいです」

ルルの言葉に、フィデルは密かにショックを受けた。

つまり、カナリーは夫婦の寝室で眠る気がないということだ。

このままでは、カナリーに会う回数がさらに減ってしまうではないか。

ただでさえ、この数日研究に集中したいという理由で、夕食も共にとれていないのだ。

「それだと身体に良くないのではないか？」

どうにか口から出たのは、本音とはほど遠い言葉だった。

「そうかもしれませんが、奥様は少しフィデル様と距離を置きたいと考えているのかもしれません。その、避けられていると、落ち込んでおられましたから」

ルルの言葉が胸に突き刺さる。愛想を尽かされてしまうという、サントスの言葉が蘇《よみがえ》った。

しばらくカナリーに対してぎこちない態度を取っていた自覚があるだけに、フィデルには返す言葉がなかった。

＊　＊　＊

カナリーはこの数日、バラチエ家にいたときのように研究に集中していた。

転移魔術を完成させるためには、まだ問題が三つ残っている。

一つ目は転移場所の指定。

これについては、魔力量と座標の関係を分析して修正を繰り返すことで、かなり目的に近い場所へ転移できるようになった。まだ調整は必要だが、時間をかければ解決できるだろう。

二つ目は消費魔力の問題。

転移魔術を動かすには、たくさんの魔力が必要だ。人より魔力量が多いカナリーでも、日に一度、魔術を起動させるのがやっとである。魔力が少ない人間でも使えるように、消費魔力の節約を考えなければならないのだが、これについても、フィデルが与えてくれた豊富な素材のおかげでかなりの改善ができていた。

そして三つ目は、魔力のない物質は転移させることができないという問題だ。

過去にカナリーが裸で転移してしまったのも、これが原因である。カナリーの作った魔法陣では、魔力を持たないものを感知できないのだ。転移するたびに裸になってしまうのは困るし、商人を転移させるなら荷物も一緒でないと意味がない。

カナリーは空間ごと転移させる方法や、魔力のない物質を感知する方法を探ったが、どれも失敗に終わっている。

一つ目と二つ目の問題と違って、この問題を解決する糸口はまだ掴めていなかった。

この数日根を詰めて研究に望んでいるが、なかなか上手くいかない。

これまで夕食はフィデルと共にしていたが、最近はルルに頼んで研究室まで運んでもらっている。

さらには長椅子を運び込んで、研究室に泊まり込むようになった。

夜遅くまで研究して、どうしても眠くなれば長椅子に横たわって仮眠する。昼も夜も研究室にこもって、一歩も外に出ない生活だ。

(なんだか、結婚前に戻ったみたい)

一日でも早く転移魔術を完成させたいというのが一番の理由だが、フィデルによそよそしくされるのが辛いというのも、研究に打ち込む理由のひとつだった。

こうして研究室に閉じこもっていれば、フィデルと顔を合わせずに済む。

そう思って自《みずか》らここに居続けているのに、ふとフィデルのことを思い出しては、会いたいなんて気持ちが湧くのが不思議だった。

誰にも会わずに、一日中、好きなだけ研究ができている。

望んだ通りの生活なのに、フィデルに会えないというだけで、どうにも気持ちが晴れない。

(フィデルに会いたいな)

素材をすり潰しながらそんなことを考えて、カナリーはふうっと息を吐いた。

どうしてこんなにも、フィデルのことばかり考えてしまうのだろうか。

きっと、集中力が欠けているに違いない。少し休んだ方がいいのかも。

ふと窓の外に目をやると、もうすっかり暗くなっている。

そろそろ休憩しようと、カナリーはひとつ伸びをして、長椅子に身体を横たえた。


柔らかく、温かいものが身体に触れる感触に、意識が呼び戻される。

身じろぎをすると、聞きたいと思っていた声が落ちてきた。

「すまない、起こしてしまったか?」

薄く目を開けると、フィデルがカナリーに毛布をかけてくれていた。

(あぁ、なんだ。夢か)

フィデルがこうしてカナリーに会いに来てくれるなんて、夢に違いない。

けれどもいい夢を見たと思って、カナリーの口元に笑みが浮かぶ。

「フィデル。会いに来てくれて、嬉しい」

夢だからか、するりと感情の赴《おもむ》くまま言葉が口から漏れた。

ずっと彼に会いたかった。

夢であっても、フィデルの顔を見られただけで嬉しくて胸が弾む。

「……てっきり避けられているのかと思った」

彼は驚いたように目を丸くしてから、安心したようにほっと息を吐き出す。

「私を避けたのは、フィデルの方じゃないですか」

カナリーはむっとして唇を尖らせた。

たしかに、カナリーはここ数日フィデルを避けて寝室にも戻らなかった。

でもそれは、フィデルが先にカナリーを避けたからだ。また目を逸らされたらと思うと、カナリーはフィデルに会うのが怖くなってしまったのだ。

「避けてはいない。ただ、自分の感情に戸惑っていただけだ」

「意味が分かりませんよ。私はフィデルに避けられて悲しかったのに」

フィデルに嫌われてしまったのではないか思うと、怖くてたまらなかった。

カナリーは今まで、人との関わりから逃げて生きてきた。

社交に参加せず、家族さえも遠ざけて、ずっと部屋にひきこもって研究を続けてきたのだ。

魔術の研究さえできていれば、他には何もいらなかった。

魔術狂いだと陰口を叩かれても、誰に嫌われても構わなかった。

それなのに、フィデルに嫌われたかもしれないと思うだけで、胸が握り潰されたかのように苦しくなったのだ。

「そうか……すまなかった」

謝罪をしているのに、フィデルの口元には微《かす》かに笑みが浮かんでいる。

カナリーはそれが悔しくて、ジロリとフィデルを睨んだ。

「どうして笑っているんですか」

「私に会えないことで、君が悲しんでくれたのが嬉しくて」

フィデルは、長椅子に横たわるカナリーの頭をゆっくりと撫でた。

慈《いつく》しむような優しいフィデルの指に、傷ついた心が癒されていく。

カナリーは安心してそっと目を閉じた。

「私も、君に会いたかった」

夢だと分かっていても、彼に求められて満ち足りた気持ちになる。

(ああ、フィデルが好きだな)

するりと、このやっかいな感情の正体に気づいた。

フィデルに避けられると苦しくて、求められると幸せを感じる。

大好きな研究をしていても、ふとした瞬間に彼のことを考えてしまうのをやめられない。

どうしようもなく感情が乱される、自分では制御できない嵐のような心の動き。

(私、いつの間にかフィデルに恋してたんだ)

それに気づいた途端、彼が欲しいという気持ちがさらに溢れてくる。

「フィデル、もっと撫でてください」

彼の掌《てのひら》の感触が心地よい。もっと触れてほしくてカナリーが強請《ねだ》ると、フィデルは黙ってカナリーを撫で続けてくれる。

優しい行為に、カナリーはうっとりと酔いしれる。

ああ、これはなんて素敵な夢だろうか。

このまま覚めないで、ずっと微睡《まどろ》んでいたい。

「必ず転移魔術を完成させますから。そうしたら、たくさん褒めてくださいね」

「もちろんだ。君の献身には応えたい。何か望むことはないか？」

「私と結婚して良かったって、思ってほしいです」

「そんなことは、もうとっくに思っている。他にはないか？」

「フィデルと、ちゃんとした夫婦になりたい。フィデルが欲しいんです」

子どもを作るためとはいえ、抱くと言われてカナリーは嬉しかったのだ。

思えば、あのときにはもうカナリーはフィデルに恋していたのだろう。

「私に魅力がないのは分かりますが……」

「そんなはずがないだろう」

カナリーの言葉を遮《さえぎ》るように、力強くフィデルは言う。

「君は魅力的だ。私にとっては、誰よりも」

優しく頭を撫でながら望む言葉を言われて、カナリーは幸せな気持ちになる。

「夢の中のフィデルは、すごく優しいですね」

「夢？」

フィデルが驚いたように手を止めて、それから再びゆっくりと撫でる動きを再開した。

「ああ、そうだ。これは夢だ。だから……しっかりと眠れ」

ちゅっと、おでこに柔らかな感触が落ちる。

キスをされたのだと分かって、カナリーはふにゃりと表情を崩した。

この夢から覚めたくないと思うのに、意識が深い闇の中へと落ちていって、やがて夢も見なくなった。


窓から光が差し込む気配で、カナリーは目を覚ました。

長椅子の上で身じろぎすると、身体にかけられた毛布が落ちる。

寝る前に毛布を用意した覚えがないので首を捻《ひね》っていると、タイミング良く研究室にルルが入ってきた。

「おはようございます、奥様。今日はいつもより長くお休みでしたね」

ルルはそう挨拶《あいさつ》をして、窓を開けて研究室の空気を入れ換える。

なるほど、この毛布はルルがかけてくれたのだろう。

長椅子で眠っているのもあって、ここ数日は短い睡眠しか取っていなかった。こんな風に朝まで眠ったのは久しぶりで、身体がすっきりとしている。

「夢見が良かったからかも。なんだか、疲れも取れた気がする」

昨夜はとてもいい夢を見たのだ。思い出してカナリーが幸せな気持ちになっていると、窓から入った風に乗って、不思議な香りが鼻をくすぐる。

香水とは違う、気持ちが落ち着くような木の香りだ。

「なんだかいい匂いがする」

「ああ、香を焚《た》いたんです。身体の調子を整える効果があるそうですよ」

「香を焚《た》く？」

香油や香水は分かるが、香というのはカナリーには馴染みのない言葉だった。

首をかしげるカナリーに、ルルは部屋の隅に置かれた小さな細工を見せてくれた。

複雑な彫りがある掌《てのひら》サイズの細工にはいくつか穴が開いていて、そこからゆらゆらといい香りがする煙が出ている。

「これは香炉と言うんです。ペペトの森で採れるガハールという香木を乾燥させて、香炉の中で燃やします。この香りを嗅《か》ぐとよく眠れると言われているんですが、中央ではあまり行われないようです」

ペペト特有の習慣だと言われて、カナリーは納得する。

カナリーには馴染みのない楽しみ方だったが、この香りは気に入った。

「素敵な匂いね」

「奥様があまり休んでいないのを心配して、フィデル様が用意してくださったんですよ」

「フィデルが？」

フィデルからの贈り物だと知って、じわじわと心に喜びが広がる。

嫌われてしまったのではないかと不安だったが、まだこうして気にかけてくれているのだ。

カナリーはなおさらこの香りが好きになった。

「なら、いい夢が見られたのはこの香りのおかげね。それに、本当に身体が楽になったのよ」

大きく香りを吸い込んで、ふとカナリーは自分の変化に気づく。

長椅子で眠る前、カナリーは実験で魔力をほとんど使い果たしていたのだ。それなのに、今は体内の魔力が満ち足りている。

眠ったことでいくらか回復したのは分かるが、この量はいつもよりも多い。

「ルル。ガハールって香木は、何かの素材なの？」

「え？　いいえ、こうして香りを楽しむ以外には使われていませんが……」

魔力の回復は香木のおかげかと思ったが、違うのだろうか。

別の理由があるのかと考えてみたが、香以外にいつもと違ったことはしていない。

「少し調べてみたいかも。ガハールって街で売られているの？」

「どうでしょうか。個人で楽しむならともかく、売ってお金になる木ではありませんから」

どうやら、積極的に採取されている木材ではないらしい。

けれども、カナリーの好奇心はガハールについて調べてみたいとウズウズしている。

「フィデル様にいただいた分が少しございます。そちらを持って参りますね」

ルルが持ってきてくれたのは、親指サイズの小さな枝だった。香りを少し楽しむくらいなら、この量で十分らしい。

フィデルに断りを入れてから、カナリーはガハールの研究を開始した。

ガハールに含まれる魔力量を計ったり、色々な薬品に混ぜてみたりと、様々な実験を行った結果、面白い特徴が判明した。

ガハールは何の魔力も含まない、いい匂いがするただの枝だ。けれど乾燥して燃やしたときに排出される煙に、大気の魔力を吸着させる効果があったのだ。

ガハールの煙を吸い込めば、普段より効率的に大気中の魔力を身体に取り込める。

さらに、ガハールの煙で燻《いぶ》せば、魔力を持たない物質が微量の魔力を帯びることも分かった。

この発見は、転移魔術の開発において大きな一歩になる。

(ガハールを使えば、転移魔術が完成するかも)

けれどこれ以上の研究を行うには、もっと多くのガハールが必要だった。

カナリーは素材を求めて街へ向かうことにした。

ペペトに来てから、屋敷を出るのは二度目だった。

カナリーの目的はガハールだけだ。領主夫人が来たと騒がれたくないので、フィデルが贈ってくれたドレスではなく、以前愛用していた地味なワンピースに着替えて街に向かう。

カナリーが訪れたのは、素材を買い取る商人の店だ。森で得た素材は、商人のもとへ持ち込まれて換金される。ここになら、ガハールもあるかもしれない。

「すみません、素材があるか調べてほしいんですが」

こういった店に女性が来るのは珍しいのだろう。

商人はカナリーを見て怪訝《けげん》な顔をしたが、すぐに商売用の笑顔に切り替える。

「これは、これは。若い女性のお客様とは珍しい。何をお探しでしょう」

「ガハールは売られてきていませんか？」

ガハールが欲しいと言うと、商人は残念そうに首を左右に振った。

「ガハールを欲しがるとは珍しい。ただ、あれはうちでは買い取ってないんですよ。香を楽しむのはペペトの住民だけですし、この街の人間は森で採れるものをわざわざ購入しませんから。王都だと香水が主流で、木を燃やすなんて庶民臭いとか、煙《けむ》たいとか言われて売れないんです」

おそらく、ガハールを王都で売ろうと努力した過去があったのだろう。

ガハールは油に混ぜると香りが劣化するらしく、香油には向かないらしい。

「どこに行けばガハールが手に入るでしょうか」

「森に入る猟師の中には、好んで持ち帰る者もいるかもしれませんが。確実なのは、自分で採りに行くことですね」

数多くいる猟師にガハールを持っていないか聞いて回るのは大変そうだ。

商人の言う通り、そこに森があるのだから採りに行くのが確実だろう。

「ガハールって、どんな木なんでしょうか。素人《しろうと》が行って簡単に持ち帰れます？」

「鋭い葉っぱがついていて、小さな緑の実が成る木ですよ。人の背くらいの低木で、近づけば匂いがしてすぐに分かります。森でもそう深くない位置に生えているので、簡単に採ってこられると思いますよ」

ガハールの匂いならもう分かる。カナリーでも採ってこられるだろうかと考えていると、咎めるようにルルが袖を引いた。

「奥様。まさか、自分で森に入ろうなんて考えていませんよね？」

「それが手っ取り早いかなって思うけど、まずいかな？」

「駄目です。森には魔物が出ることもあるんですよ。狂暴な獣《けもの》だっています」

ルルが眦《まなじり》を吊り上げると、商人が大袈裟な肩をすくめる。

「ガハールが生えているのは街の近くですよ。深入りしなければ、獣《けもの》も魔物も滅多に出ません。街の住人だってよく出入りしていますし」

商人の話は本当なのかとルルを見ると、彼女は困った顔をした。

「それは、たしかにそうですが。でも、まったく危険がないわけじゃありませんから」

ということは、森に入っても奥まで行かなければ、それほど危険ではないということか。

カナリーは簡単な攻撃魔術が使えるので、もし獣《けもの》が出ても護身くらいできるはずだ。

そう思ったが、ルルの立場上カナリーを行かせるわけにいかないことも分かっている。

店を出てしきりに森を気にするカナリーを、ルルは不安そうに見上げた。

「奥様。森に行きたそうな顔をしていますよ」

「やっぱり興味があるもの。ガハール以外にも、ペペトで採れる素材っていいものが多いし」

ペペトの森は大気の魔力が濃いのだろう。そういう場所では、魔力を多く含んだ動植物が育ちやすい。

カナリーに提供される素材も、ペペトの森で採れたものが多かった。ガハールのこともあるが、他にどんな素材が採れるのか興味がある。

「私がひとりで入っちゃ駄目なのは分かってる。それなら、誰かに護衛を頼むのはどう？」

領主の屋敷には警備をしている兵士が何名もいる。仕事の邪魔をするのは申し訳ないが、森に詳しい人に頼んで案内してもらえばいい。

カナリーの提案に、ルルはそれならばと納得してくれた。

ルルとカナリーはさっそく屋敷へと戻って、森に入る準備をする。

護衛の手配をルルに頼んでロビーで待っていると、思いがけない人物が現れて、カナリーは目を丸くした。

「フィデル？」

ルルと一緒に現れたフィデルは、腰に剣を差していた。その後ろには木籠を抱えたサントスの姿もあって、彼もフィデルと同じように武装している。

「森へ行くのだろう？　であれば、私も共に行く」

「フィデルが？　大丈夫なんですか？」

「実力を疑っているのか？　街の近くに魔物が現れれば、討伐するのは私の仕事だぞ」

魔物を倒すのが領主の仕事だなんて初めて知った。

たしかに、フィデルは膨大な魔力の持ち主だ。強い魔術が使えそうだし、魔物を狩るくらい簡単なのだろう。

けれども、カナリーが心配したのは彼の実力についてではない。

「いえ、そうではなくて、お忙しいのではないかと」

カナリーはずっと研究室にこもっているが、それと同じくらいフィデルだって執務室にこもりきりだ。常に領主の仕事に追われている。

「君に任せきりになっているが、転移魔術はペペトにとっても重要な研究だ。私が協力するのは当然だろう？」

言われてみれば、そうかもしれない。けれど、突然予定を変更してもいいのだろうか。

心配になってサントスに視線を送るが、彼は仕方がないとばかりに首を左右に振った。

「予定は狂いますが、護衛付きとはいえカナリー様が森へ入られれば、きっとフィデル様は心配で仕事に手がつかなくなります。そうなったら逆に面倒なので、同行させてやってください」

「余計なことを言うな、サントス」

「おお、怖い」

フィデルに睨まれて、サントスはおどけたように首をすくめた。

フィデルがそんな風になるのは想像できないが、きっと、カナリーに気を遣わせないよう場を和《なご》ませてくれたのだろう。

「フィデル様が来てくださるなら、これ以上の護衛はありませんよ」

ルルもフィデルの参加に賛成らしい。フィデルの実力は使用人の間でも周知されているようだ。

もちろん、カナリーに文句などあるはずがない。

ここのところフィデルに会えていなかったので、こうして共に過ごせるのは嬉しい。

「それでは、お願いします」

「ああ、任せておけ」

カナリーが頭を下げると、フィデルは騎士が誓いを捧げるように自分の胸に拳《こぶし》を当てた。


ペペトの森はぼんやりと霧がかかっていて、昼だというのに薄暗かった。

「このあたりは滑るから、足元に注意するように」

周囲を警戒しながら、先頭をフィデルが歩く。彼のすぐ後ろをカナリーが歩き、最後に木籠を抱えたサントスがついていく。

森では役に立たないからとルルが屋敷に残ったので、三人で行くことになったのだ。

霧で視界が悪く、先ほどから似たような景色が続いている。

すぐに方角を見失いそうだとカナリーは思ったが、フィデルの足取りは迷いがなかった。

「フィデルは森に慣れているんですね」

「父がよく、狩りに連れてきてくれたからな」

フィデルはあの屋敷で生まれ育ったのだ。ペペトは故郷であり、昔から森にも慣れ親しんでいるのだろう。

こうしてフィデルと話すのは久しぶりだが、彼は以前のようにカナリーを避ける様子はない。目が合っても露骨に逸らされなくなったことに、カナリーはほっと息を吐いた。

「狩りはお好きなんですか？」

「そうだな。着飾って社交界に行くよりも、弓を持って森に入る方が何倍も楽しい」

「貴族の社交は楽しくないですよね」

兄はよく社交に出かけていたが、カナリーは何が楽しいのか少しも分からなかった。

パーティで飛び交うのは、つまらない見栄と噂話ばかり。誰のドレスがすごいだの、どこかの夫人が浮気しただの、カナリーは少しも興味を引かれない。

せめて魔術理論や魔法陣について語れるのなら、パーティに行こうという気にもなるのだけれど、そういう話題は絶対に出すなと両親にきつく禁じられていた。

「カナリーは腹芸が苦手そうだからな。社交には向いていないだろうよ」

「フィデルは社交が得意なんですか？」

「それなりにできると思っているが、得意ではないな。私の外見はどうしても目立つから」

フィデルの色は奇異の目で見られやすいし、偏見も多いのだろう。

綺麗な顔をしているのに、色だけで避けられるなんてもったいない。

「でも、ペペトの人はフィデルを受け入れていますよね」

先日街を視察したときも、フィデルは好意的に受け入れられていたし、領主として尊敬されていたように思う。彼の髪や目の色について何か言う人は見かけなかった。

「父は領民に慕われていたからな。ペペトはラーランド領だったときに冷遇されていたらしい。父がペペトを独立させてから、ずいぶんと生活が向上したんだそうだ。その父が私をいつも連れて回っていたから、ペペトの人間は私の色にも慣れているのだと思う」

フィデルにとって、父親は尊敬できる人だったようだ。

誇らしげな口調から、彼が父親を慕っていた感情が伝わってくる。

「お父上だけの功績ではありませんよ。ペペトの民は皆、フィデル様がいい領主だって分かっているんです。フィデル様を外見だけで魔物だなんて言う王都の人間は、まったく見る目がない」

後ろを歩いていたサントスが、憤慨しながらつけ足した。

そういうサントスこそが、フィデルを慕っている人間の筆頭だろう。

フィデルに対してよく軽口を叩くものの、彼がフィデルに忠誠を誓っているのは屋敷の人間なら誰もが知っていた。

「ラーランドの領民は可哀想ですよ。なにせ、領主があのパスカル様だ。ペペトがラーランド領に戻るって話が出たときは、私を含め領民全員が顔を青くしたものです」

「パスカルは領民に人気がないの？」

「ペペトへの嫌がらせで橋を作る人間ですよ？　無駄な政策が多く、商売がやりにくいとラーランドの商人が嘆いていましたね」

サントスの言う通り、ペペトに嫌がらせを行ったところでラーランドに利益が出るわけではない。

そんな無駄な政策を行う領主は、良い為政者と言えないだろう。

「カナリー様が嫁いできてくださって助かりました。おかげでペペトは独立を許された。そのうえ、今は転移魔術を開発してくださっているのでしょう？　ありがたいことです」

サントスに感謝されて、カナリーはむず痒《がゆ》い気持ちになった。

ペペトに来てからというもの、誰もカナリーの魔術狂いを責めないのだ。

カナリーの行動は結婚前と変わらないのに、居心地が良すぎて戸惑ってしまう。

「サントスはこんな領主夫人は嫌ではないの？　研究ばかりしているのに」

「たしかに奥方が行うことではないかもしれませんが、些細《ささい》なことです。フィデル様を奇異の目で見ないというだけで、素晴らしいと思っていますよ」

そう言って、サントスはにこにこと笑った。


森の中をしばらく歩くと、フィデルがふと歩調を緩《ゆる》めた。

「カナリー、見えてきたぞ。あのあたりにあるのがガハールの木だ」

カナリーには普通の森に見えたが、フィデルが指差した場所をよく見ると、たしかに周囲と木の種類が違っていた。少し背が低くて、鋭く尖った葉の形をしている。

近づくと、ガハール特有の深みのある香りがした。

「これがガハールの木なんですね。こうして見ると、本当に普通の木ですね」

「実際、ただの香木だと思われているからな。だが、ガハールは転移魔術に必要な素材になりうるんだろう？」

「まだ上手くいくか分かりませんが、その可能性はあると思っています」

これだけたくさんのガハールがあれば、いくらでも実験ができそうだ。

カナリーは興奮して近くの枝を折ろうとするが、フィデルに止められてしまった。ガハールは硬い木で、小さな枝でも手で折るのは難しいらしい。

フィデルが小型のナイフを取り出し、手際良く枝を採取してくれた。

「必要なのは木だけでいいのか？」

「葉や木の実も調べてみたいので、できればそれも採取してください」

フィデルとサントスがガハールを採取して、どんどん木籠の中へと詰めていく。

研究素材が増えていく様子を、カナリーは笑みを浮かべて見守った。研究が進められるのも嬉しいが、こうして協力してくれる人がいることに胸が弾む。

ふたりが枝を切り落としている傍《かたわ》ら、カナリーは地面に落ちている枝を探して木籠に放り込む。

すると、ガハール以外にも素材となる植物がたくさん生えていることに気づいた。

「うわぁ、ニガリ草だ。あっちにはママル花も！　ペペトの森って、本当に素材が豊富なんですね」

宝の山を見つけた気分で、カナリーは採取に夢中になった。あれもこれもと、目についた植物を片っ端から摘《つ》み取っていく。

そうしているうちに、いつの間にかフィデル達から離れてしまっていた。

「カナリー、あまり奥へは行くな」

フィデルの声にハッとして、カナリーはふたりの側へ戻ろうとする。

そのとき、カナリーの隣でがさりと茂みが揺れる気配がした。

「カナリー！」

「きゃっ！」

フィデルが鋭く叫んだ次の瞬間、カナリーはドンッと横に突き飛ばされた。

バランスを崩して地面に尻もちをつくと、茂みから黒い獣《けもの》が飛び出してくる。

獣《けもの》は恐ろしい咆哮《ほうこう》を上げた。その目は赤く充血しており、魔物であるとひと目で分かった。

一足飛びに駆け寄ってきて、カナリーを突き飛ばしたフィデルの腕を、魔物の牙が掠《かす》める。

「フィデル！」

「下がっていろ！」

カナリーは慌てて立ち上がろうとするが、それよりも早くフィデルが魔物を切り伏せた。

肩から袈裟《けさ》斬《ぎ》りにされ、ギャッという悲鳴と共に魔物は血しぶきを上げる。

致命傷だったのだろう、一太刀で地面に倒れた魔物を見て、カナリーはほっと息を吐き出した。

魔物が完全に動かなくなったのを確認して、フィデルは剣を鞘《さや》にしまう。

「カナリー、怪我はないか？」

フィデルは尻もちをついたままのカナリーに向かって手を伸ばす。

カナリーはその手を掴んで、どうにか立ち上がった。

「助けてくれてありがとうございます。私より、フィデルの腕は大丈夫ですか？」

「服を掠《かす》めただけで、たいしたことはない」

袖が少し破けているが、血が出ている様子がないのを確認して、カナリーは胸を撫で下ろした。

凶悪な牙を持った魔物はとても恐ろしかった。

魔術で護身くらいできるだろうと考えていたのだが、いざ襲われると身体が硬直してしまって何もできなかった。

カナリーは自身の甘い考えを反省する。

「フィデルがいてくれて良かった。街の近くでは魔物は滅多に出ないと聞いていたので、油断していました」

「たしかにこんな場所に魔物が出るのは珍しいが、森に絶対は存在しない。縄張りの変更があったのか、他にも魔物が移動してきているかもしれないな。今日はこのくらいで切り上げよう」

木籠の中を見れば、十分な量のガハールの枝が詰められている。

もう少し素材を探したい気持ちもあったが、魔物が出た場所に長く留《とど》まりたくはない。

カナリーはフィデルの提案に頷いた。

「サントス、その魔物の処理を頼めるか？」

「もちろんです。フィデル様はお先にお帰りください」

魔物の死骸は高く売れる。そのためには、解体して牙や毛皮を得なければならない。

「あの、ひとりで残って大丈夫ですか？」

「フィデル様ほどじゃありませんが、俺もそこそこ腕が立つんですよ」

「カナリー、サントスの心配なら不要だ。魔物が数匹出たくらいではびくともしない」

サントスの柔和な面持《おもも》ちからは想像できないが、彼もかなり強いらしい。

魔物の出る森でひとり残すのは不安だったが、きっと慣れているのだろう。

「それよりも、君の方が心配だ。珍しい植物を見つけても、私から離れないように」

「は、はい。気をつけます！」

カナリーが背筋を伸ばすと、フィデルはガハールが詰まった木籠を背負う。

「フィデル、私が持ちますよ。もしまた魔物が出たら、籠があると邪魔ですよね？」

護衛をしてくれるフィデルに荷物を持たせては本末転倒だ。

カナリーはそう思って木籠を持とうとしたが、フィデルは平然とした顔で首を左右に振る。

「先ほどの魔物程度なら、このくらい背負っていても何の問題もない」

「でも」

「くどい。問題ないと言っている」

フィデルはそう告げると、さっさと歩き始めてしまう。

仕方なくカナリーは彼のあとを追った。

木籠があっても問題ないとの言葉通り、フィデルの動きは軽やかで重さを感じさせないものだった。

何も持っていないはずのカナリーの方が、歩くのが遅いくらいだ。

「フィデルは力持ちなんですね」

「鍛えているからな。最近は執務が忙しくて、少し身体が鈍っているが」

フィデルはそう言ってから、じっとカナリーを見つめた。

「君が無事で良かった」

「え？」

改めて言われて、カナリーは目を瞬《またた》かせた。

フィデルの瞳には、安堵と焦燥の色が混じっている。

「君が魔物に狙われていると分かった瞬間、心臓が凍るかと思った。あんなにも恐怖を感じたのは初めてだ」

フィデルの赤い瞳が、微《かす》かな熱を灯《とも》して不安げに揺れている。

それを見つめていると、カナリーの胸が締めつけられたように苦しくなってきた。

「君が努力してくれているのは知っている。だが、あまり無理はしないでくれ」

「無理をしているつもりはないんですが……」

「夜遅くまで研究を続けて、長椅子で少し眠るだけ。素材を求めてこうして森の中にまで入る。私には君が無理をしているようにしか見えない」

それは違う。カナリーはやりたいことをしているだけだ。

「私はただ、転移魔術を完成させたいだけです」

「何のために？」

カナリーが転移魔術を研究する理由はいくつもある。

魔術の研究が好きだから。誰も成しえなかった転移魔術を完成させてみたいから。

ペペトのためでもある。フィデルに喜んでほしいという気持ちも強い。

だけど、カナリーが研究を始めたきっかけは、もっと単純な承認欲求だ。

「認められたいって思っていたんです。だから、期待してくれたことが嬉しかった」

その気持ちがカナリーの原点だ。カナリーは自分を認めてほしかった。

そのときの気持ちを思い出して、カナリーはフィデルに自分の過去を語った。


カナリーと魔術の出会いは、まだカナリーが四歳のときだった。

兄の教育に来ていたカヴァネスが、カナリーに魔術を見せてくれたのだ。

空中に小さな水球を出すという初歩の魔術だったのだが、何もない空間に水が現れるのが不思議でたまらず、カナリーは彼女に何度も魔術を見せてほしいとせがんだ。

カナリーはすぐさま魔術に夢中になった。カヴァネスが来るのを心待ちにして、来たらすぐに腕を引っ張って中庭へと連れ出し、魔術を見せてくれるように頼み込んだ。

けれども、彼女は兄の教育のために来ている。授業の時間になっても、際限なく魔術を求めるカナリーに付き合い続けるわけにはいかない。両親はついに彼女に会うことを禁じた。

カヴァネスに会えなくなって、カナリーは落ち込んだ。

それを憐れに思ったのだろう、『自分で使えるようになったらいつでも魔術が見られるよ。大きくなったら勉強してごらん』と、彼女はカナリーに初級魔術の本を贈ってくれたのだ。

その本は基礎教育を終えた者が読むような内容で、文字も読めない四歳の子どもに理解できる品ではなかった。

けれども、魔術を使ってみたかったカナリーは大きくなるまで待てなかった。

必死に文字を覚えて、どうにかその本を読もうと努力した。少しずつ本を読み進め、六歳になる頃には初級魔術が使えるようになったのだ。

『カナリーはすごいわね！　この年で魔術が使えるなんて。国家魔術師でもこんなに早く魔術を覚えなかったんじゃないかしら』

両親や兄は誇らしげにカナリーを褒めてくれた。

カナリーは嬉しくなって、もっと魔術について勉強するようになった。難しい本も読んで、どんどんできることが増えていく。

けれど、カナリーが魔術を覚えれば覚えるほど、両親の顔は曇っていった。

『魔術ばかりそんなに勉強してどうするの。あなたは女の子なのだから、魔術なんかよりも淑女の勉強をなさい』

カナリーが十歳になる頃には、魔術の本を読むたびに叱られるようになった。

けれど、母が言う淑女の勉強は少しも面白くないのだ。そんなことを学ぶくらいなら、魔術の勉強をしていたい。

『淑女になんてなりたくないわ。私は魔術の勉強をして魔術師になるの！』

『馬鹿なことを言わないの。貴族の女の子は魔術師にはなれないのよ』

母にそう言われて、カナリーは嘘だと必死で調べた。

けれども母の言葉は本当で、調べれば調べるほど、この国で貴族女性が魔術師として働くのは不可能に近いと知ったのだ。

カナリーはどうしようもないくらい、ショックを受けた。

魔術を勉強しても何の意味もないのだと、今までの自分を否定された気がした。

それでも、カナリーは魔術の勉強を続けた。将来何の役にも立たないのに、魔術に触れていないと落ち着かない自分は、このときすでに魔術狂いになっていたのだろう。

現実を教えたというのに、それでも魔術に傾倒するカナリーを両親は許さなかった。

十二歳になっても魔術の勉強をやめないカナリーに、ついに母が実力行使に出た。カナリーが集めた素材を、魔術の本を、研究した成果を、すべて売り払ってしまったのだ。

そしてカナリーに無理やりドレスを着せて、マナーを叩き込み、社交の場へと連れ出した。

大好きな魔術を奪われて、笑顔を作れ、背筋を伸ばせ、教養を身につけろと叱られる毎日に嫌気が差して、カナリーは全力で反抗した。

魔術を使って屋敷を抜け出し、与えられたドレスを売り払った。

そのお金で素材を買い集め、自室のドアに魔術の鍵をつけて、カナリーの許可なく誰も部屋に入れないようにしたのだ。

そうして閉じこもった空間で、カナリーはただひたすら魔術の研究を続けた。

誰もがカナリーを非難した。社交界で悪い噂が流れて、家族も肩身の狭い思いをしただろう。

両親の期待に応えられず、貴族の義務を放棄した自分に、カナリー自身も罪悪感を抱いていた。

いつまでもこんな生活を続けるわけにはいかない。だからこそ、カナリーは転移魔術に希望を見出したのだ。

誰もが成しえなかった魔術を完成させて功績が認められれば、女性であっても国家魔術師になれるかもしれない。そんな夢でも見ないと、心が苦しかった。

何もしていないわけではない、夢に向かって努力しているのだと言い訳をして、罪悪感から逃れるように寝食を忘れて魔術の研究に没頭していった。

「私はずっと家族のお荷物で、誰の期待にも応えられない人間だったんです」

カナリーに求められたのは貴族の子女として相応《ふさわ》しく生きることで、その通りに生きられない自分は欠陥品だった。

それでも、転移魔術を開発して国家魔術師になれれば、認めてもらえるかと思ったのだ。

幼い頃に魔術を褒めてもらえたように、また褒めてもらえるかもしれないと。

けれどその願望は、ペペトに来たことで満たされた。

「フィデルが私の魔術に期待してくれて、すごく嬉しかったんです。魔術の研究をしてもいいんだって、やっと居場所を見つけられた気がして。だから私は、フィデルの期待に応えたい」

彼の妻になって、どれだけ救われたのかをカナリーは語る。

フィデルに嫁げたのは、カナリーにとって最高の幸運だった。

魔術を好きな自分を認めてもらえて、息をするのが楽になったのだ。

「私との結婚は、君にとっても喜ばしいものだったのだな」

「もちろんです。フィデルと結婚できて、私は幸せです」

カナリーの研究に期待して、最高の環境を用意してくれた。

それだけでも幸せなのに、カナリーはフィデルに恋をしている。

好きな人と結婚して、好きなだけ魔術の研究ができるのだ。これ以上の贅沢はない。

「私ばかりがフィデルに与えてもらっているのが嫌なんです。だから、早く転移魔術を完成させて、あなたの役に立ちたい」

それが、カナリーが寝食を犠牲にしてまで研究に没頭する理由だった。

今の気持ちを素直に伝えると、フィデルは真剣な表情で首を左右に振る。

「自分が与えられているばかりだと言うが、そんなことはない。私は君から、すでに多くのものをもらっている」

「分かっています。ペペトの自治が守られたからですよね？」

カナリーと結婚したことで、フィデルは領主を続けることができた。彼にとっては、何よりも大切なことだろう。

だけど、それはカナリーがフィデルに与えたものではない。

偶然が重なっただけで、別の人間がフィデルと結婚しても同じだった。

「それだけではない。君の言葉や態度に、私は救われたんだ」

心当たりがなかったカナリーは、何のことだろうと首をかしげる。

「私の瞳や髪の色のことだ。私が呪われているだとか、いつか魔物になるのではないかと疑う人間が何人もいた。馬鹿馬鹿しいと否定しながらも、心のどこかでは不安だった。ただの獣《けもの》が魔物に転じるように、私もいつか自我を失くして魔物になる日が来るのではないかと」

初夜の日に、カナリーが語ったことを言っているのだろう。

目や髪の色は魔力に準ずるので、魔物になるならないは関係ないのだとフィデルに教えた。

「そんなの、魔術をきちんと学んだ人間なら誰でも分かります」

「そうかもしれないが、私の周囲にはそういう人間はいなかった。君が今まで魔術を学んでいたおかげで、私は自分のことを知れたんだ」

フィデルの言葉は、今までのカナリーの努力を肯定するものだった。

「結婚など誰としてもいいと思っていた。大事なのは領地を守ることで、邪魔にならない人間なら誰でも良かった。けれど、君が嫁いできてくれたことで、その考えが間違っていたと気づいた」

フィデルと視線が絡まって、カナリーは息を呑んだ。

彼の目は、じりじりと焼けるような熱を孕《はら》んでいる。

「君と話していると心が安らぐ。それなのに、君に触れると心臓が自分のものではないかのように暴れ出し、もっと触れたくなるんだ。君を抱こうとしたあの日、私はこの感情が何なのか理解できずに戸惑った。だが今は、その正体を知っている」

一歩前に出て、フィデルはカナリーとの距離を詰めた。

フィデルが愛おしげにカナリーを見つめる。

「君が好きだ。嫁いできてくれたのが君で本当に良かったと、心からそう思っている」

フィデルの告白に、カナリーは喜びで胸が熱くなった。

まさか、フィデルも自分と同じ気持ちでいてくれるなんて思っていなかったのだ。

「わ、私も……私もフィデルが好きです」

カナリーはすかさず自分の気持ちを素直に打ち明けた。

けれどもフィデルは、警戒するように目を細める。

「その『好き』というのは、どういう感情の好きだ？」

「どういう感情って、そのままですよ！　フィデルと同じです」

「人として好意を持っているという意味ではなく、恋愛感情があるという意味で合っているか？」

「恋愛感情です！　どうして疑うんですか」

「……すまない。君は魔術以外には興味がないのだと思っていたから」

フィデルの言葉はカナリーの本質を捉《とら》えていた。

たしかにカナリーは、つい最近まで魔術以外のことにまったく興味を持っていなかったので、そう思われても仕方がない。

「フィデルのせいですよ。今まで魔術以外はどうでも良かったのに、あなたに出会って変わったんです」

フィデルに良く思われたいと望むようになった。

フィデルが大事にしているペペトを、自分も大事にしたいと思った。

「フィデルが好きです。あなたと結婚できて良かった」

心が喜びで満ちていく。不意にフィデルの掌《てのひら》に頬を包み込まれた。

次の瞬間、カナリーは彼に唇を奪われていた。

「んっ……」

唇を割られて舌が口内へと入り込んでくる。

性急で激しい口づけは、彼に求められているのだということを教えてくれる。

「はぁ……ぅ、ん」

フィデルが激しく舌を絡ませると、カナリーの口から強請《ねだ》るような甘い声が漏れた。

静かな森の中、くちゅりという唾液が混じり合う音が響く。

心地よい感覚にカナリーはそっと目を閉じようとして、ここが森の中だということを思い出した。

もっと浸《ひた》っていたいが、いつまた魔物が出るか分からない。早く街に戻らなければ。

カナリーはフィデルの身体を少し押して、距離を取ろうとする。

「フィデル、待っ……ぅんん！」

少し開いた距離は、すかさずカナリーを抱き込んだフィデルによって埋められた。

彼はカナリーを逃がすまいと両腕に閉じ込めて、再び唇を奪う。

「離れるな。まだ、もう少し……」

掠《かす》れた声で囁《ささや》かれると、場所など些細《ささい》な問題のような気がしてきた。

フィデルの口づけは頭の奥が蕩けてしまいそうなほど気持ち良くて、ずっとこうしていたくなる。

「カナリー……好きだ、もっと……」

何度も唇を奪われて、求められる喜びで胸がいっぱいになる。

口内をなぞる彼の舌を受け入れながら甘い行為に浸《ひた》っていると、近くの木からバサバサと鳥が飛び立った。

甘い空気を切り裂く音をきっかけに、ふたりはゆっくりと唇を離す。

ここが危険な森の中でなければ。

離れてしまった唇を寂しく思っていると、フィデルがカナリーの耳元で囁《ささや》いた。

「続きは、屋敷に戻ってからだ」


フィデルは足早に森を抜け、カナリーもそれに続いた。

屋敷に戻るや否や、彼は出迎えたルルに荷物を預けると、カナリーの腕を引いて寝室へと向かう。

寝室のドアが閉まるとすぐに、フィデルは再びカナリーの唇を奪った。

「ふぅ、ぅん……んっ」

待ちきれなかったのだとばかりに、フィデルは激しく舌を絡める。カナリーの身体を抱き寄せ、腰に手を回し身体を密着させた。

彼の力強い口づけに応えるように、カナリーもフィデルの背に腕を回す。

待ちきれなかったのは、カナリーも同じだ。

「フィデル、んっ……ふぅ……」

カナリーからも積極的に舌を絡めると、それ以上の動きで搦めとられる。

くちゅくちゅという水音が卑猥に響いて、呑み込みきれない唾液が口端から顎へと伝った。

その跡を追いかけるように、フィデルの唇がカナリーの首筋へと移動する。

「あんっ……」

皮膚の薄いところに吸いつかれて、カナリーは思わず甘い声を漏らした。

熱い唇が肌を這うと、ゾクゾクと背中が震える。彼の唇は首筋を下へとなぞり、襟元にたどり着いた。

「もっと君に触れたい。……脱がせるぞ」

カナリーの返事も待たずに、彼はワンピースを留める背中の紐を解《ほど》いてしまった。襟元が緩《ゆる》まって、肩が大きく露出する。

フィデルは剥《む》き出しになった肩口へキスを落とすと、そのまま勢いよくワンピースをずり下げた。

「きゃっ！」

小さく膨らんだ柔らかな胸がまろび出て、カナリーは咄嗟《とっさ》に胸元を手で隠す。

「隠すな。君のすべてが見たい」

フィデルはカナリーの手首を掴み、ゆっくりと胸元から引きはがす。

胸は以前も見られたが、あのときは夜だったし、薄暗いベッドの上だった。窓から光が差し込む明るい部屋では、隠しようもない。

熱を孕《はら》んだ彼の瞳が食い入るように胸元へと注がれて、カナリーはあまりの羞恥《しゅうち》に逃げ出したい気持ちになった。

「あの、そんなに見ないでください」

フィデルは気にしないと言ってくれたが、カナリーはやはり自分の体型が気になる。

どうか目を逸らしてほしいと願ったものの、彼はカナリーの慎ましやかな胸に熱心な視線を注ぎ続けた。

「なぜだ、こんなにも美しいのに」

「美しい……ひゃっ！」

身体を褒められて驚くのも束の間、フィデルの手がカナリーの胸へと触れて、それどころではなくなった。

フィデルの節くれだった手が、柔らかな膨らみを揉み始める。

ぐにぐにと感触を確かめるように動くたびに、カナリーはゾクゾクとした刺激に襲われた。

「やぁ……あんっ、はぁ……ひゃんっ！」

小さな膨らみの上を蠢《うごめ》く手が、突然ピンッと先端を弾く。

瞬間、ビリビリと鋭い刺激が走って、カナリーはびくんと背を反らせた。

「その表情、たまらないな」

カナリーの反応が気に入ったのか、フィデルは今度はきゅっと指先で乳頭を摘まんだ。

そのまま指でスリスリと刺激され、カナリーはたまらず腰をくねらせる。

「ひゃん、あぁ、んっぅ……フィデル、それダメぇ、あっぅん」

強い刺激から逃れたくなって腰を引けば、逃げるなとばかりに抱き寄せられた。

その間も彼のもう片方の手は、カナリーの胸を刺激し続ける。

「そんな声でダメと言われても、もっと触れたくなるだけだ」

「ひっあ、ぅんっ、あああぅ……」

彼は指の腹で先端を転がすと、今度は反対側の胸へと吸いついた。片手でゆっくりと乳輪をなぞり、舌でもう片側の先端を転がし始める。

興奮した吐息が肌を撫で、ぬるりとした舌の感触がたまらない。

声を上げるのは逆効果だと言われたが、カナリーはもう自分の意思で声を止められなかった。

彼の動きに翻弄《ほんろう》されるまま、口から何度も甘い声が漏れる。

「ふぅっ、あんっ……あぁ、ひゃぁん」

「その顔、その声……もっと私に見せてほしい。普段とは違う、乱れた君が見たい」

そう告げるフィデルの表情も、普段とはまったく違っていた。

真っ赤な両目は熱に浮かされ、口からは興奮したように荒い息が漏れている。恍惚とした表情はとても艶《つや》やかで、カナリーは思わず目を奪われた。

きっと、こんなフィデルを見られるのは自分だけだろう。

美しい彼を独占しているように感じて、胸の奥が満たされていく。

「あっ、ふぁ……フィデル……あっ！」

名前を呼んだ瞬間、乳首に優しく歯を立てられる。

強い刺激は胸から腰へと伝わって、カナリーの足から力を奪った。

これ以上立っていられないと感じ始めた頃、フィデルがカナリーの身体を抱き上げる。

「続きはこちらで」

そう言うと、カナリーを抱いたままベッドへ移動して、シーツの上にゆっくりと横たえた。

乱れて脱げかけていたワンピースを奪い取ると、彼はもどかしそうに自《みず》らの衣服も脱ぎ捨てる。

すでに何度も共に眠っていたが、こうして彼の身体を見るのは初めてだ。

領主でありながら騎士のように戦うこともできるその身体はしっかりと鍛えられていて、硬い筋肉に覆われている。細くて肉が少なく、硬さもないカナリーの身体とは大違いだ。

逞《たくま》しい肉体美に見とれていると、フィデルは下履きも脱ぎ終えて裸になった。

そこには初めて見る男性の象徴があって、その雄々しさにカナリーは思わず息を呑む。

(あれが、フィデルの……。あんな大きなものが、本当に女性の中に入るの？)

フィデルはベッドを軋《きし》ませて、驚くカナリーを組み敷いた。

「カナリー」

熱っぽく名前を呼びながら、フィデルはカナリーに口づける。

それを受け入れながらも、カナリーは自《みず》らの腹部に当たる彼の熱棒に意識を奪われていた。

フィデルと本当の夫婦になれるのは、とても嬉しい。ずっと彼とこうなることを望んでいたし、想いが通じ合った今、彼とこうして肌を合わせることに何の異存もない。

だが、なんというか、フィデルのモノはカナリーの想像よりもずっと大きかった。

「うん、あっ……フィデル、少し待って……あっ」

「無理だ。これ以上、待てそうにない」

フィデルはカナリーに口づけるのをやめない。

唇だけでなく身体全部にキスをされて、カナリーは緊張しながらもうっとりとしてしまう。

「君も、私と本当の夫婦になりたいと言ってくれただろう？」

「あれ？　どうしてそれを……」

カナリーがフィデルにそう言ったのは、夢の中での出来事のはずだ。

「寝ぼけている君は、とても愛らしかった。あの場で抱かなかった私を褒めてほしい」

薄く笑うフィデルを見て、カナリーはあれが夢ではなかったことに気づく。

夢の中でカナリーは、フィデルに抱いてほしいという意図の言葉を伝えていた。なんて大胆な台詞《せりふ》を本人に言ってしまったのだと、羞恥《しゅうち》で顔が熱くなる。

「フィデル！　どうして起こしてくれなかったんですか！」

「疲れている君を起こすなどできるはずがないだろう。だからこそ、衝動を我慢したんだ」

「い、今だって疲れてます。森の中をずっと歩いてきたんですから」

「そうか。だが、私は今すぐに君を抱きたい」

そう言って、フィデルは最後に残ったカナリーの下着を取り去った。

フィデルの下で裸にされて、カナリーの心は期待と不安に揺れる。

待ち望んだ瞬間だけれど、初めての行為は少し怖い。

そんなカナリーの葛藤を見抜いたのか、フィデルは安心させるように小さく笑った。

「大丈夫だ。今すぐに抱きたいとは言ったが、君に無理をさせるつもりはない。きちんと準備が整うまで待つつもりだ」

「じゅ、準備って、何をするんですか」

「私が欲しいと君が自《みず》ら求めるまで、ここをどろどろに溶かす」

「ひぇ……」

下腹部に手を当てながら宣言するフィデルに、カナリーは言葉を失った。

自分から欲しいと求めるなんて想像もつかないが、いったいどうするのだろう。

不思議に思うカナリーを他所《よそ》に、フィデルはそれを実現させるべく秘所へと手を伸ばす。

「んっ……」

まだ誰にも触れられたことのないそこは、微《かす》かに潤んでいた。

「濡れているな」

フィデルが襞に沿って指を動かすと、くちゅくちゅと小さく水音が鳴る。

閨《ねや》の知識に詳しくないカナリーは、どうしてそこが濡れているのか理解できなかったが、寝室に響くその音はなんだかとても淫靡《いんび》に聞こえた。

「あっ……ぅん、ふぁ……」

割れ目をフィデルの指が這うたびに、もどかしいような痺《しび》れが湧き上がる。

その感覚がどうにも気持ち良くて、彼の動きに集中していると、カナリーの中心からどろりと粘性のある水が溢れてきた。

フィデルはそれを指ですくい取り、塗り広げるようにして弧を描く。くちゅくちゅという水音がさらに大きくなった。

「どんどん溢れてくるな」

「うん、あっ……あの、これは、何なんでしょうか」

月のものとも違う、どろりとした透明な体液の正体が気になって、カナリーはフィデルに尋ねた。

彼は意外そうに目を瞬《またた》かせてから、楽しげに口元を歪める。

「君は本当に、魔術に関すること以外は知らないのだな」

「……もう少し閨事《ねやごと》についても勉強しておけば良かったです」

もしかしたら、普通は母親から学ぶのかもしれない。けれども、カナリーは母と険悪な時期が長かったので、何も教えてもらっていないのだ。

フィデルは濡れていることを意識させるように、指を動かしてくちゅくちゅと音を鳴らした。

「これは愛液といって、女性の性的快楽が高まると出てくる分泌液だ」

「性的快楽が高まると……っ！」

つまり、カナリーがフィデルの愛撫で感じてしまっている証拠ということだ。

それを認識した途端に、この水音がよりいっそう淫靡《いんび》に聞こえる。

「ち、違うんです、フィデル。これはその、あんっ！」

あまりの羞恥《しゅうち》にカナリーが咄嗟《とっさ》に否定すると、フィデルの指がカリッと小さな突起を引っ掻いた。

瞬間、強い刺激が腰を走り抜けて、カナリーの身体を痺《しび》れさせる。

カナリーが強く反応したのを見て、フィデルはその場所を集中して攻め始めた。

「ひぁ、あんっ、ぅんっ、ああっ」

「そんなに甘い声を上げて、何が違うと言うつもりだ？」

強い刺激に意識を散らされ、カナリーはまともな言葉を話せなくなった。

彼が指を動かすたびに、カナリーの口からは嬌声が上がり、中心からどろりと愛液が零れ出る。

(どうしよう、これ……気持ちいい)

むず痒《がゆ》いような痺《しび》れは、明確な快楽へと変わっていた。もはや言い訳ができないくらいに感じているのだと自覚する。

フィデルの指によって高められていくうちに、お腹の奥のあたりにジンと熱がこもってきた。

高まる快楽と熱をどう逃せばいいのか分からずに翻弄《ほんろう》されていると、フィデルの指がつぷりと中心に埋《うず》められる。

「んんんっ……あっ」

フィデルの指を身体の内側に感じる。少しゴツゴツとした長い指が、ゆっくりと奥まで割り入ってくる。

その異物感を不思議に思うと同時に、彼がそこにいるのだという事実にお腹の奥が切なくなった。

下腹部にぎゅっと力が入り、膣壁がうねるように彼の指を締めつける。

「そう指を締めるな」

「っん、そんなこと、分かんない……あっ」

この動きは無意識で、カナリーが望んでしていることではないのだ。

どう止めればいいか分からずにいると、フィデルの指がゆっくりと動き始めた。

「あんっ……アっ、ぅんん……あンぁ……」

強弱をつけながら内側をかき混ぜられて、慣れない快楽にカナリーは身体を震わせた。

お腹の奥からムズムズした感覚が湧いてくる。それに抗おうときつく口を閉じると、咎めるようにフィデルの顔が近づいた。

「カナリー、唇を噛んではいけない」

そう言ってフィデルは唇を重ねて、カナリーの口内へと舌を差し込む。

指と舌、上と下とを内側から同時に攻められて、カナリーは息も絶え絶えになった。

くちゅりと唾液が音を立てて、水音を鳴らしながら指が動く。淫《みだ》らな音が響くたびに、フィデルによって快感が高められているのだと意識させられた。

「ふぅ……んっむ……ぅん……んん」

重なった唇の隙間から、熱い吐息が漏れる。いつの間にか内側を攻める指は二本に増えて、ぐちゅぐちゅと隘路を広げていた。

異物感は切ない疼《うず》きに変わって、ジンと甘い痺《しび》れがお腹の奥へと溜まっていく。

ぐちゃぐちゃに乱される感覚が、どうしようもなく気持ちいい。こんな快楽があるなんて、カナリーは知らなかった。

甘く火照《ほて》った身体は、もっと欲しいと彼の指を締めつける。

お腹の奥を苛《さいな》むムズムズがより強くなった気がした。

行き場のない熱と疼《うず》きをどうにかしたいけれど、その方法が分からない。

「ふぅん、っあン、フィデル！」

救いを求めるように名を呼ぶと、彼の親指がぐりぐりと花芽を潰した。

指を深く埋められながら外側からも刺激を与えられ、カナリーの視界が白く明滅する。

「ぁン！　アぁあ、ンッあああっ！」

カナリーは小さな悲鳴を上げながら、びくびくと身体を震わせた。

内側に溜まった熱が、大きな快楽の波となって膨らんでいく。身体中に満ちたあと、パチンと弾けてつま先へと走り抜けた。

強い快楽が過ぎ去ると、身体から力が抜けてぐったりとする。

「カナリー、達したか？」

「はぁ……はぁ……達する？」

「性的な高まりが解放されることを、そう言うらしい。オーガズムとも呼ばれる」

フィデルの説明に、先ほどの感覚を当てはめてみる。

なるほど。あの大きな快感の波はそういう現象だったのか。

「なんだか、フィデルに閨《ねや》指導をされているみたい」

「私はそれでも構わない。君に閨《ねや》教育を施《ほどこ》すというのも、なかなか興味をそそられる」

獲物を狙うような目で見下ろされて、カナリーはひゅっと喉を鳴らした。

もしかして、余計なことを言ってしまったかもしれない。

カナリーが反省する間もなく、フィデルが指の動きを再開した。

「あんっ……あぁ……またっ……」

「一度達しただけでは足りないだろう。さっきの復習だ」

フィデルはカナリーの感じる場所を探すように注意深く指を動かす。

達することを覚えた身体は、先ほどよりも素直に快楽を受け入れた。フィデルの動きに簡単に翻《ほん》弄《ろう》されて、すぐにまたお腹の奥が熱くなる。

「ひぃう、あっ、アああっ！」

「なるほど、君はここが感じるのか」

カナリーの弱点を見つけたフィデルは、今度は執拗にその場所を攻め始めた。

「ンあぁ、ひっ……あっ……そこダメぇ、ああっ」

快楽から逃れようと腰を浮かせるが、すぐにフィデルに押さえ込まれてしまう。

熱を逃すことに失敗して、お腹の奥のムズムズがまたしても膨らんでいく。先ほどと同じ感覚に、カナリーはこれから自分に何が起きるかを悟った。

「フィデル、それダメっ、またイっちゃう、ンんぁっ」

「構わない。何度でも達する君が見たい」

彼は荒い息を吐きながら、興奮した瞳で乱れるカナリーを見つめる。

じっと観察されている中で達するのは恥ずかしいと思ったが、カナリーは我慢することができずにそのまま波に呑み込まれてしまう。

「っん、イっ、アぁぅ――っ！」

カナリーはビクビクと身体を震わせた。ぎゅっと身体が硬くなった直後に、じんわりと弛緩《しかん》する。

全身から汗が噴き出して頭の奥が真っ白になるのが、たまらなく気持ちいい。

だらりとベッドに身体を預けると、フィデルがゆっくり指を引き抜く。

「あっ……」

お腹の中が空っぽになった感覚がして、カナリーは不思議な寂しさを覚えた。達したばかりのはずなのに、お腹の奥が物足りないと疼《うず》いている。

気がつけば、カナリーの視線はフィデルの下腹部へと向いていた。

大きくて怖いと思っていた男性の象徴。逞《たくま》しく反り返ったその熱棒を、中に埋めてほしくてたまらない。

「あの……フィデル……」

欲しいという言葉が喉までせり上がる。

自分から求めるなんて絶対にできないと思っていたのに、疼《うず》く身体の欲求に抗えない。

カナリーの心を読んだかのように、フィデルは切っ先を入り口へ当てる。

「挿《い》れても構わないか？」

硬い先端でぐりぐりと刺激されると、彼を求めて奥が収縮した。

こくりとカナリーが頷くと、フィデルはゆっくりと腰を進める。

「あ、ふぅ……っン、ああ……っ」

事前に十分解《ほぐ》されていたからか、痛みはほとんど感じなかった。

けれども、指とは比べものにならない圧迫感に息が詰まる。

「カナリー、呼吸を止めるな。苦しくとも、ゆっくりと息を吐くんだ」

フィデルの言葉に従って、カナリーは止めていた息を吐き出す。すると、少しだけ身体が弛緩《しかん》して、そのはずみで最奥までフィデルが入り込んだ。

隘路を開かれる微《かす》かな痛み。けれどもそれは、圧倒的な喜びによって押し流される。

(すごい。今、フィデルとひとつになってるんだ)

自分の中に彼がいることが、こんなにも嬉しいだなんて。

「カナリー、痛むか？」

「大丈夫、それより、嬉しい……」

どうにかそう告げるカナリーの背中に腕を回して、フィデルはぎゅっと抱きしめた。

「そうか。私も嬉しい……とても」

ぴたりと重なったフィデルの身体は熱くて、速くなった彼の鼓動が伝わってくる。きっと、彼に負けないくらいカナリーの鼓動も速いのだろう。

ずっと自分はお飾りの妻なのだと思っていた。

けれどフィデルの気持ちを知って、こうしてひとつになって、やっと本当に彼の妻になれたような気がする。

(どうしよう。私、フィデルが大好きだ)

愛しい気持ちが溢れ出して止まらない。

ずっと彼とこうして繋《つな》がっていたい。

「少し、動くぞ」

その言葉と同時に、ゆっくりとフィデルが律動を始めた。

瞬間、彼の指で慣らされた内壁が快楽を拾い出す。

「ふぁ……ぅん、あっ……あンっ」

ゆっくりと突き上げられるリズムに合わせて、カナリーの口から甘い声が漏れた。

先ほど指で達したときも気持ち良かったが、こうして肌を合わせるのはよりいっそう心地よい。

快楽だけではなく、愛しさで心の奥まで満たされるのだ。

フィデルに突き上げられるたびに幸せな気持ちが溢れて、心まで高揚していく。

「はっ、くぅ……カナリー……」

「うん、あっ……フィデル、フィデル」

名を呼ばれたことが嬉しくて、カナリーは彼の身体にしがみつく。

すると、感極まったようにフィデルの動きが速まった。

熱い塊に穿《うが》たれるたびに、ゾクゾクとした快楽が湧き上がってきて、たまらない気持ちになる。

「ぁん、はあ……ンぁ……あぁン……ぅああ」

もはや、意味のある言葉など紡げなかった。

がむしゃらに腰を打ちつけられて、快楽と熱に溺れてしまいそうだ。

身体全部が熱くて、ふたりの境界が曖昧《あいまい》になる。

このまま、もっと混ざり合いたい。

カナリーは欲望のまま腰を揺らし続けた。

互いの荒い吐息が重なって、果てに向けて高まっていく。

「くっ、もう……出るっ！」

フィデルは苦しげにそう吐き出すと、カナリーの足を掴んでいっそう奥まで腰を突き入れた。

そのまま激しく腰を揺らされ、何も考えられなくなる。

大きくベッドが軋《きし》んで互いの肉がぶつかった。最奥を穿《うが》つフィデルを追い求めて、カナリーの膣壁がうねるように締まる。

お腹の奥に溜まった熱が、もう弾ける寸前だった。

すがる先を求めるように、カナリーはフィデルを抱く腕に力をこめた。

「ひぃあ！　んっ、アっ、あああっ！」

最奥を深く穿《うが》たれ、カナリーの視界が真っ白になった。

フィデルの熱棒がドクドクと脈打って、カナリーの中へ白濁を放つ。

その瞬間、多幸感に満たされて、ふわりと身体が浮いたような心地がした。

幸せすぎる絶頂の余韻のまま、互いに深くベッドへと沈み込む。どちらともなく視線が合うと、そのまま小さく笑った。

「フィデル、大好きです」

返事の代わりに、甘い口づけが落ちてきた。

ゆるゆると頭を撫でられて、心地よい疲労を感じながら、カナリーはゆっくりと目を閉じた。

これで、フィデルと本当の夫婦になったのだ。

身も心も彼のものになれて、たまらなく幸せな気持ちになる。

「君が妻で本当に良かった。嫁いできてくれてありがとう、カナリー」

瞼《まぶた》に口づけられて、カナリーの口元が自然と綻《ほころ》ぶ。

まだこの幸せに浸《ひた》っていたい。そう思うのに、睡魔がカナリーの意識を呑み込んでいく。

温かなフィデルの腕に包まれながら、カナリーは幸せな夢を見たのだった。

第四章　転移魔術の完成

フィデルと正式な夫婦になってから、二週間が経過した。

カナリーは研究室での寝泊まりはやめて、以前のように夕食をフィデルと共に食べることにした。研究時間は減ったが、心に余裕ができたからか作業が捗《はかど》るようになった。

早く完成させなければという焦りが消えて、こうしてフィデルと食事を楽しむ余裕ができている。

「カナリー、研究の調子はどうだ？」

ポークソテーを切り分けながら、フィデルが進捗を尋ねた。

食堂では、フィデルとカナリーが向かい合って座っている。美味《おい》しい食事に舌鼓《したつづみ》を打ちながら、カナリーはフィデルとの会話を楽しんだ。

「いい感じです。やっぱりガハールの発見が大きいですね。まだ魔力を持たない物質の転移には成功していないんですが、物質に微量な魔力を纏《まと》わせることができました。あとは、ガハールの調合を変えれば、上手くいくんじゃないかと思います」

カナリーは今、ガハールの性質を増幅させたり、変化させたりする実験を行っている。

色々な素材と組み合わせて、ひたすら検証を繰り返す毎日だ。地道な作業だが、思いがけない組み合わせで新たな効果が得られたりするのがなかなか楽しい。

カナリーが弾んだ声で進捗を報告すると、フィデルの目元が柔らかくなる。

「研究が進んでいるのもありがたいが、君が楽しそうで何よりだ。だが、無理はしてくれるなよ？　私にとっては君の方が大事なのだから」

さらりと甘い言葉を告げられて、カナリーは赤くなった頬を誤魔化すようにフォークを口に運んだ。味の染みた柔らかな野菜が、ホロホロと口の中で溶ける。

ヴァランティス家の料理人は、バラチエ家よりも腕がいいようだ。あまり食にこだわりのないカナリーも、ここに来てから食欲が増した気がする。

「ルルがついてくれているので、大丈夫です。私を休ませることに使命を感じているみたいで、食事だけじゃなくお茶の時間も絶対に休憩させられるんですよ」

おかげで体重が増えたとカナリーが零すと、部屋の隅で待機していたルルがくすくすと小さく笑う。

「奥様は少し太られたくらいが、ちょうどいいですよ」

「だそうだ。私としても、抱き心地が良くなるのは歓迎だが？」

抱き心地と言われて、カナリーは自分の身体を見下ろした。

婚前よりは健康的な体型になっているが、やはりもう少し肉をつけた方がいいのだろうか。

膨らみの少ない胸元を見てから、こんがりと焼かれた肉に目を移し、カナリーはうーんと唸《うな》る。

「お野菜は好きなんですが、お肉が苦手なんですよね。食べられなくはないんですけど、量があまり入らなくて」

カナリーは特に脂身が苦手だ。少しくらいなら平気だが、許容量を超えて食べると夜に胃が痛くなってしまう。

ここの食事は美味《おい》しいので、以前よりもしっかり食べるようになったものの、肉がメインの料理は少量を口にしたら手が止まる。

「たしかに肉はあまり食べていないな。魚を出してやればいいのだが、ペペトには海がないからな」

ペペトはトバリース国の北端にある領地だ。周囲を深い森に囲まれていて、さらに北には高い山脈が聳《そび》えている。山の向こうに隣国があるものの、深い雪の積もる荒れた山脈に人が通れる道など作ることはできず、往来は不可能だとされていた。

そうなると魚を得るならトバリース国の東の海からになるが、そこから魚を腐らせずに輸送するのは不可能に近い。

「魚は海の近くに住む人しか食べられませんからね。私は一度だけ食べたことがありますが、肉と比べるとあっさりしていて、美味《おい》しかったですよ」

街の北部には大きな川があるが、そこの魚は泥臭く食用には向いていないらしい。

内陸部の人間にとって、魚は贅沢品なのだ。

「転移魔術が完成すれば、ペペトでも魚が食べられるようになるかもしれないな」

「そうですね、新鮮なまま魚を運んでこられますから」

転移魔術は移送コストを軽減するだけでなく、今まで不可能だった品の売買も可能にできる。

もしかしたら、魚に限らず輸送の問題で売り物にできない品が他にもあるかもしれない。

カナリーがそう言うと、フィデルは食事の手を止めて難しい顔で考え込んだ。

「カナリー。転移魔術を研究していることを、ペペトの商人に伝えても構わないか？　これが運用可能になれば、まったく別の販路が開けるはずだ。可能であれば、事前に準備をさせておきたい」

ペペトで採れる品はほとんど王都で販売しているが、もっと売れる場所があるかもしれない。あるいは、魚のように鮮度の問題で取り引きできない品が売れる可能性もある。

事前に準備しておけば、流通が広がったときにすぐに動けるだろう。

「私は構いませんが、ぬか喜びさせることにならないといいですけど」

転移魔術はまだ開発中なのだ。ガハールの発見で実用化の可能性が見えてきたとはいえ、絶対に完成するとまでは断言できない。

「それはきちんと説明すれば問題ないだろう。それよりも心配なのは、情報がラーランドに流れることだ」

カナリーが転移魔術を研究していることは、この屋敷の人間しか知らない。

実家の両親には話したことがあるが、子どもの妄言だと思っていた彼らが他者に言いふらすことはないだろう。

けれど、商人に魔術のことを伝えてそのための準備をさせると、情報が漏れる可能性が高くなる。

「転移魔術を研究していることを、ラーランドに知られるのはまずいんですか？」

「ラーランドというより、パスカルが問題だ。あいつは、私がすることなら何でも邪魔したいと考えるような男だからな」

ペペトから転移魔術という画期的な発表をされるのは、パスカルのプライドが許さないだろうというのがフィデルの見解らしい。

嫌がらせのために税金を投じて橋を改修した男だ。

何をしてくるか分からないため、できるだけラーランドには魔術のことを知られたくないのだという。

「だが、屋敷の中だけならともかく、商人が動けば妙に思う人間も出てくるだろう。やはり、魔術が完成するまでは秘めておくべきか」

フィデルは食事の手を止めて考え込んでいるが、カナリーは気にしすぎなのではないかと思った。

「転移魔術を研究していることを知られても、魔術狂いの妻にフィデルが振り回されているとしか思わないのでは？」

カナリーの噂は有名なのだから、転移魔術のことを知ったとしても、以前のようにとんでもない妻を娶《めと》ったものだとフィデルをあざ笑うだけだろう。

パスカルの動きを警戒して、事前準備をしないのはもったいない。

「それに、商人の協力を得られるなら、完成後の運用試験も手伝ってもらいたいんです」

転移魔術を実用化するなら、小さなものを転移してはい終わり、というわけにはいかない。

実際に魔法陣を一番多く使うのは、きっと商人だ。彼らの協力を得られれば、どれくらいの量を運べればいいのか、使用できる魔石の質はどの程度かといった情報を教えてもらえる。

運用方法についても相談できるし、実際に試してもらい、使い勝手を教えてほしい。

カナリーがそう意見すると、フィデルはなるほどと頷いた。

「であれば、やはり商人も巻き込んだ方が良さそうだな。ただし、限られた商会だけにしたい」

ふたりで話し合って、転移魔術に協力してもらうのは、ペペトの中でも一番古くて大きな商会だけとなった。

どうあってもフィデルはラーランドの動向が気になるらしい。

「トラックル伯爵は、そんなに警戒しなければならない人なんですか？」

カナリーとて、パスカルがまともな人間だとは思っていない。

けれども、屋敷に来たときの態度は幼稚であったし、フィデルがそこまで警戒するほどの切れ者だとは思えないのだ。

カナリーが疑問をぶつけると、フィデルは眉根を寄せて嫌そうな顔をした。

「パスカルが切れ者だとは私も思わないが、あれは私に嫌がらせをするという一点においては、予想もつかない行動をする。例の橋の件も、手順は正当であるから文句を言うこともできないという、絶妙な嫌らしさがあったしな」

「切れ者ではないけれど、嫌がらせの才能があるってことですか？」

「嫌がらせの才能……いや、そうだな。そうかもしれない。領地経営は杜撰《ずさん》なのに、こと私に対する嫌がらせに関しては全力を注いでくるのだから」

それが事実なら、まったくもって嫌な能力だ。その力を領地のために使えば、皆が幸せになるものを。

「トラックル伯爵は、どうしてそこまでフィデルに執着するんでしょう。領地の件で確執があるのは分かりますけど、あまりに過剰では？」

そもそも、領地の割譲はフィデルの父の代でなされたことだ。

フィデルはそれを継承しただけなのに、そこまで恨むのは妙ではないか。

「パスカルの考えなど知りたくもないが……年の近い従兄弟《いとこ》という立場が良くなかったのだろうな。パスカルの父が私を敵視していて、ことあるごとに比較されたようだ」

フィデルは容姿こそ周囲に恐れられるものの、幼い頃から能力は高かったようだ。

一方、パスカルは勉学が苦手だったらしく、フィデルを引き合いに出されては負けるなと叱責されていたのだという。

「そんなの、逆恨みじゃないですか」

「逆恨みだとも。要は、奴の性根がねじくれているのだろうよ」

逆恨みだろうとも、なまじ権力を持っているぶん性質《たち》が悪い。

同じ伯爵位であっても、分家ということでフィデルの立場はパスカルに半歩劣る。さらには、フィデルには魔物と同じ色という明確な弱点があった。

パスカルはそれを執拗にあげつらい、貴族の子ども達の集まりでフィデルが孤立するように誘導していたらしい。

「今もラーランドに味方する領地は多い。パスカルの能力に疑問があっても、よほど大きなミスをしない限り庇《かば》う人間がいる。比べて私は貴族社会では孤立気味だからな。ラーランドに何かされたとしても、なかなか訴え出ることができないんだ」

どろどろした貴族社会の事情を聞いて、カナリーは過去に参加したパーティを思い出した。にこやかな笑顔の裏で陰口を言い、噂話を流し合う。そんな会話の何が楽しいのか理解できなくて、カナリーは魔術へと逃げ込んだ。

けれどもフィデルは自分ではどうすることもできない弱点を抱えても、カナリーのように逃げることなく、そんな貴族社会でひとり戦ってきたのだろう。

「バラチエ家が後ろ盾になれるような家だったら良かったんですけど」

カナリーの実家は子爵家だ。ヴァランティス家に格が劣る家では、彼の力になれないだろう。フィデルが力のある家の娘を娶《めと》っていれば、きっと立場も変わったはずだ。

「珍しいな。君が貴族のような発言をするなんて」

フィデルに茶化されて、カナリーは下唇を突き出しながらキノコをフォークに突き刺した。

「私は社交なんて大嫌いです。でも、フィデルには必要なんだって分かってます」

フィデルはペペトを預かる領主である。カナリーのように社交を放り出して、他の貴族との関係を断つなんてできないだろう。

フィデルの力になりたいと思うが、社交はカナリーが一番苦手とする分野だ。どう考えても、彼の役に立てそうにない。

カナリーが己《おのれ》の不甲斐なさを感じて落ち込んでいると、フィデルはふっと口元を和《やわ》らげた。

「そんな顔をするな。私はこの容姿から軽んじられることが多いが、後ろ盾を得て守ってもらわなければならないほど弱くはない。それに、今の陛下は公平なお方だ。たとえラーランドが理不尽な訴えをしたとしても、こちらの言い分もきちんと聞いてくださる」

陛下を語るフィデルの口調が柔らかいことに、カナリーは驚いた。

伯爵なのだから陛下と面識があるのは当然だろうが、フィデルは陛下に好意的な感情を抱いているらしい。

「フィデルは陛下と仲がいいんですか？」

「私が気安くできるお方ではないが、尊敬はしている。私の容姿を見ても嫌な顔をなさらないし、さりげなく庇《かば》ってくださったこともあった」

カナリーは陛下に会ったことなどないけれど、フィデルの口ぶりからして立派な人なのだろう。フィデルの敵は多いようだが、頂点に立つ人物が信頼できるなら安心だ。

「国王陛下か。どんな人なんでしょうか」

「私が語らずとも、近いうちにカナリーも会うことになると思うぞ」

「え!?」

カナリーはぎょっとして、フォークの先からキノコを落とす。

「まさか、大きなパーティでもあるんですか？」

「三カ月後に陛下の生誕祭があるな。爵位を持つ貴族が各地から王都に集まる大事な時期だ。バラチエ子爵も参加していたはずだが、覚えていないか？」

「お父様の動向なんて、まったく気にしていませんでした」

そういえば、秋の時期に夫婦揃って王都に向かい、しばらく屋敷を空けることがあった。

両親がいない間、カナリーはのびのびと魔術の研究をしていたのだが、あれは生誕祭に参加していたのかもしれない。

これまでは無関心でも良かったが、今はフィデルの妻でヴァランティス夫人だ。他人事というわけにはいかない。

「それって、私は留守番していてもいいんでしょうか？」

国王陛下の生誕祭となれば、きっと盛大なパーティが開かれるに決まっている。

想像するだけで恐ろしく、カナリーは救いを求めるようにフィデルを見つめた。

「君に社交は求めないという約束だったが、今回だけは一緒に王都に来てくれると助かる。来年からは欠席でも構わないが、一度は妻を連れて顔を出しておきたい」

「そ、そうですよね」

新婚なのにフィデルがひとりで参加すれば、夫婦仲が悪いのだと誤解されかねない。

さすがのカナリーも、行くのが嫌だとは言えなかった。

「君に負担をかけてしまい、申し訳ない」

「謝らないでください！　私はフィデルの妻なんですから、それくらいは協力します」

頼んできたのが両親ならば、断固としてカナリーは部屋に閉じこもっただろう。

けれどフィデルの立場が悪くなるかもしれないと分かって、断ることなどできなかった。

社交はものすごく嫌だが、愛する夫のためならば頑張れる。

「それに、ペペトに残れば生誕祭の期間は会えなくなりますから。パーティは嫌ですけど、フィデルと一緒にいたいですし、頑張ります」

「カナリー、ありがとう。私も君と離れたくない」

フィデルが熱のこもった赤い瞳でカナリーを見つめる。

甘やかな雰囲気に、鼓動が速くなって落ち着かなくなる。

しばし食事の手を止めて見つめ合っていたが、部屋の隅に待機しているルルがコホンと咳払いをした音で我に返った。

いけない、今は食事中である。

フィデルと心を通わせてからというもの、彼はよく甘く優しい言葉をかけてくれるようになった。

それはとても嬉しいのだけれど、場所を考えずにいちゃいちゃして、屋敷の使用人達に気まずそうな顔をされることがあるのだ。

カナリーが慌てて目を逸らし食事を再開すると、フィデルも小さく息を吐いてからフォークを動かした。


それから数日後、カナリーはついに魔力を持たない物質の転移に成功した。

研究室には、フィデルにルル、サントスが集まっている。今からカナリーが完成させた魔法陣を彼らに試してもらうのだ。

事前に試運転を行って転移に成功しているが、他の人間でも同じ成果が得られるかを調べたい。

転移は短距離で、研究室から庭へと移動するように設定してある。

あらかじめ研究室の中央に香炉を置いて、部屋中をガハールの香りで充満させている。

こうしてガハールを焚きしめておくことで、衣服や手荷物といった魔力のない物質も転移できる

ようにしているのだ。

「まずは、私が試そう」

真っ先に名乗り出て、フィデルは羊皮紙に描いた魔法陣の前に立った。

「フィデル様、先に私が」

事前にカナリーが試したとはいえ、危険が起きてはいけないと思ったのだろう。サントスが前に

出ようとしたのを、フィデルが手で制した。

「私が最初に試したいんだ。サントス、我侭を許してくれ」

「仕方がありませんね」

そう言われてしまえば、サントスも引き下がるしかない。

皆が緊張して見守る中、フィデルが魔法陣の上に乗って魔力を流す。

ぼんやりと青い光が浮かんで、次の瞬間、彼の姿が部屋の中からかき消えた。

「おお！」

「すごい！」

サントスとルルが感嘆の声を上げたあと、皆で研究室の窓へと駆け寄った。

156

そこから見た屋敷の庭には、先ほどまで室内にいたはずのフィデルの姿があった。彼は研究室にいたときのままの服装で、転移先も指定した通りである。

問題なく転移が成功したのを確認して、カナリーはほっと息を吐き出した。

フィデルは窓から覗くカナリー達に気づくと、興奮した顔で駆け寄ってくる。

「すごいぞカナリー、これが転移か！」

「無事に成功して良かったです。魔力の減りはどうですか？」

「多少抜けた感じはあるが、大した量ではない。十分実用に耐えられるだろう」

どうやら、カナリーの体感とそう変わらなかったようだ。

これで、カナリー以外の人間でも無事に転移魔術が使えることが判明した。

「カナリー、ありがとう。これは素晴らしい魔術だ」

フィデルに褒められて、カナリーの中で喜びが湧き上がる。

まだまだ改良の余地はあるが、転移魔術は完成したのだ。

「カナリー様、次は俺も使ってみたいです！」

興味津々といった様子で、元気に挙手したのはサントスだ。

フィデルに続いてサントスが転移魔術で庭へと移動する。

その後、ルルも続こうとしたが、彼女の魔力では魔法陣を起動することができなかった。

「魔力は魔石での代替えも考えないといけませんね。まだまだ改善すべきところはありますけど、実用レベルになったと思います」

カナリーは誇らしい気持ちで、フィデルに魔法陣を差し出した。

「この魔法陣だと、どのくらいの距離を移動できる？」

「ちゃんと試さないと断言できませんが、サントスくらいの魔力があれば、ペペトから王都までの転移も可能です」

要求される魔力は大きいが、魔石を利用すれば魔力が少ない人間でも魔法陣を起動できる。ペペトから王都までの移動コストを考えれば、魔石を使ってもおつりが出るはずだ。

「人だけでなく、荷物も移動できるのか？」

「香を焚《た》く必要がありますので、室内に運べて、魔法陣に乗る大きさであれば大丈夫です」

魔力を持たない物質を転移させる手段は、特殊な調合を施《ほどこ》した香である。だから、転移は今のところ屋外では使えないし、香を焚《た》いておくという下準備も必要だ。

「どうでしょうか、フィデル。この魔術は使えそうですか？」

カナリーは恐々とフィデルに評価を尋ねた。

彼はじっとカナリーを見つめたあと、柔らかな笑みを見せる。

「使えるどころの話ではない。君の転移魔術はペペトだけではなく、トバリース国全体に大きな利益をもたらすだろう」

フィデルに手放しに褒められて、カナリーは満面の笑みを浮かべる。

ずっと続けてきた大好きな研究で、フィデルの役に立てることがこの上なく嬉しい。

カナリーがにまにまと緩《ゆる》んだ顔をしていると、そっとフィデルに抱きしめられた。

「カナリー、本当にありがとう。君にはいつも助けられてばかりだ」

「フィ、フィデル、ルルとサントスがいますからっ！」

フィデルにこうして抱かれるのは嬉しいが、近くにいるふたりの存在が気になってしまう。

カナリーが慌てると、ルルとサントスは息をぴったり合わせてくるりと身体を反転させた。

「奥様、私は所用を思い出しましたので、失礼いたします」

「フィデル様、俺は先に執務室に戻りますね」

ヒラヒラと手を振ったふたりは、各々《おのおの》そう言って研究室を出ていった。

ふたりきりになると、フィデルはぎゅっと抱きしめる腕に力をこめる。

身体がさらに密着して、カナリーの鼓動が速くなった。

「あの、フィデル。執務に戻らなくて大丈夫ですか？」

「少しくらいなら、サントスがどうにかしてくれるだろう」

「どうにかって。お忙しいなら、私も研究の続きを……ぅんんっ」

言葉を遮《さえぎ》って、フィデルはカナリーに唇を重ねた。優しく唇を食《は》まれると、頭の奥がぼうっとしてきて、フィデルのことしか考えられなくなる。

彼は口づけを深くしながら、怪しい動きでカナリーの腰元を撫で始めた。

急に艶《つや》めいた空気になって、カナリーは慌てて彼の胸を押し返す。

「フィデル！　まだ昼間ですから、こういうことは……」

心と身体を通わせてから、フィデルは露骨に愛情表現をしてくれる。

あまり感情を表に出さないタイプだと思っていたのに、カナリーを見つめる視線がとにかく甘くなったのだ。

また、スキンシップも以前とは比べものにならないくらい増えた。

毎夜の行為はもちろん、日中でもこうして隙あらばカナリーに触れてこようとする。

「駄目か？」

誘うようにフィデルはカナリーの頬を指先で撫でた。

そんな風に請われては、カナリーに断れるはずがない。

「だ、駄目……じゃ、ないです……けど……」

「カナリー、愛している」

溶けてしまいそうなほど甘い瞳で愛を囁《ささや》かれて、カナリーは息が止まりそうになる。

嬉しいのだけれど、こんな風に口説かれ続けると心臓が持たない。

「フィデル、なんだか最初の頃と性格が変わっていませんか⁉」

自分ばかりが翻弄《ほんろう》されるのが悔しくて、カナリーはそんな憎まれ口を叩いた。

「君に向ける感情が変わったのだから、仕方がないだろう。それに、愛情は素直に伝えた方がいいと学んだ」

一時期、態度がぎこちなくなって、カナリーを避けていると誤解されたことを彼は後悔しているらしい。

「それに、君は転移魔術を完成させるという偉業を成し遂げた。ならば、私は君との約束を叶えなければ」

「約束？」

「ちゃんとした夫婦になる、だろう？」

寝ぼけたときのことをまた持ち出されて、カナリーは顔を赤くした。

「そ、それはもう叶っています！」

「そうだな。君は正真正銘、誰が何を言おうが私の妻だ。だが、まだ証《あかし》はできていない」

フィデルは優しい手つきでカナリーのお腹を撫でた。

暗に子どもが欲しいと言われて、カナリーはうっと言葉に詰まる。

「わ、私だって子どもは欲しいですけど、夜だけでも十分だと思いませんか？」

「まったく足りないな。私はもっと君を抱きたい」

素直に欲望を打ち明けられてしまっては、カナリーも白旗を上げるしかない。

フィデルに触れられたいという欲は、カナリーにもあるのだから。


「んんっ……あの、フィデル。やっぱり寝室に移動した方がいいんじゃ……あンっ」

長椅子に座ったフィデルの膝の上に、カナリーは座らされている。

カナリーのドレスは胸元まで下ろされて、柔らかな膨らみが零れ出ていた。

「研究の続きをしたいんだろう？　寝室に行けば、もっと長引くことになるぞ」

「それは……ひゃぁ、ぅん……」

指先で乳輪をなぞられて、カナリーは小さく声を上げた。

フィデルにも執務があるのだから、あまり時間をかけるわけにはいかない。

それは分かるのだが、昼間から研究室で淫《みだ》らな行為をしているというのは落ち着かなかった。

カナリーの許可なくここに入ってくる人間はいないだろうが、屋敷では使用人が働いているのだ。

大きな声を出せば、誰かに気づかれてしまうのではないかと不安になる。

「気になるのなら、早く済ませてしまえばいい」

「早くって、でも、どうすれば……」

「ドレスを脱がなければいい。裾を自分で掴んで、持ち上げてくれ」

コルセットを締めていないとはいえ、ドレスを脱げばどうしても時間がかかってしまう。

衣服を全部脱がずにできるのかとカナリーは目を丸くしたが、言われるままに、ドレスの裾を持ち上げる。

「そのまま、手を離すなよ」

フィデルはそう言うと、カナリーの下着を脱がせて秘部を露《あら》わにしてしまった。

あっと思ったが、両手が塞がっているカナリーには隠すことなど不可能だ。

抵抗できないのをいいことに、フィデルは指でカナリーの中心を丁寧に解《ほぐ》していく。

「ふぅ……ンんっ……ぅん……あっ」

思わず大きな声が出そうになるのを、唇を閉じてどうにか耐える。

窓から差し込む光は明るい。こんな時間に出していい声ではないのだ。

「声を聞かれるのは嫌か？　気にせずとも、私が妻と睦《むつ》み合うことをとやかく言う人間はいない」

「そういう問題じゃなく……んっ、あっ！」

反論は彼の指によって嬌声へと変わる。

フィデルの言う通り、屋敷の主人が妻と仲良くすることは健全である。けれど、健全であることと羞恥心《しゅうちしん》は別物なのだ。

必死で声を耐えるが、フィデルは指を使って散々にカナリーを攻めた。

花芽をぐりぐりと刺激したかと思えば、中に指を差し込んで抜き差しする。

「ふっ……ンッ……ひぅ……っ！」

フィデルの指が動くたび、カナリーの身体は意思とは関係なく高められてしまう。

このままでは、すぐに声を抑えられなくなりそうだ。

快楽に抗おうとするカナリーを見て、フィデルは何か思いついたように手の動きを止める。

「翻弄《ほんろう》されるのが嫌なら、自分で動いてみるか？」

「え？」

「私の上に腰を下ろすんだ」

フィデルは長椅子に座ったまま、己《おのれ》の昂《たかぶ》りを取り出した。天井に向かって真っすぐに反ったそれを見て、カナリーはごくりと唾を呑む。

たしかにその方が快楽をコントロールできそうではあるが、自分からフィデルを迎え入れるのは、なんだかとてもはしたない行為のようでためらってしまう。

「もちろん私が上になっても構わないが……その場合、手加減はしない」

どうするべきか少し迷ったが、覚悟を決めてカナリーは彼の上へと跨《また》がった。

ゆっくりと腰を下ろして、ずぶずぶと膣口に熱杭を埋めていく。

「ぅン……ふぅ、あぁン……」

内側を満たされていく心地よさに耐えながら、どうにか奥まで屹立を呑み込んだ。

フィデルのそれは大きくて、すべてを収めると苦しいくらい、いっぱいになってしまうのだ。

圧迫感を和《やわ》らげるためにカナリーが息を吐くと、突然、ぐっと下から突き上げられる。

「ひゃっン！」

「挿《い》れただけでは駄目だ、カナリー。こうして動かさなければ」

フィデルはカナリーの腰を掴むと、まるで手本を示すかのように上下に動かし始めた。

互いに座った状態での行為は、いつもよりも深く刺さる。

カナリーが主導でするという話だったのに、結局フィデルの動きに翻弄《ほんろう》されてしまう。

「ひゃぁン、ふぅ……ぅん、フィデル、自分で動くからぁ……んンっ」

「できるのか？」

カナリーが何度も頷くと、彼は突き上げる動きを止めてくれた。

もう一度大きく息を吐いたあと、カナリーは慎重に腰を揺さぶり始める。

「うん……ふぅ……んン……」

遠慮がちな動きは、もどかしくも甘い刺激を身体に伝えてくる。

自《みず》ら腰を動かすのは意外と難しくて、なかなか思うように快楽を得られない。

それでもどうにか繰り返していると、少しずつコツを掴んできた。

「あっ……ぅン……こんな感じかも……んッ」

目をつぶって試行錯誤を繰り返していたカナリーだったが、しばらくして、フィデルがずっと黙っていることに気がついた。いったいどうしたのかと目を開けば、フィデルは赤い瞳で熱心にカナリーを見つめている。

「んっ……フィデル、どうしました？」

「いや、想像以上に淫《みだ》らで、いい眺めだと思って」

淫《みだ》らだと指摘されて、カナリーは急に恥ずかしくなった。

思えばカナリーは、自分でドレスを持ち上げて、はしたなく彼の上で腰を振っているのだ。

羞恥《しゅうち》のあまりつい動きを止めると、咎めるように緩《ゆる》く腰を突き上げられる。

「もう終わりか？　もっと、自《みず》ら私を求める君が見たい」

「そんな風に言われたら、続けられませんよ」

「ならば、その気になるよう手伝うしかないな」

そう宣言して、彼はカナリーの乳房に手を伸ばした。

ゴツゴツとした指で乳頭を転がされ、お腹の奥が切なく疼《うず》く。

「あっ、ぅンん……ひゃんッ」

指先で先端を摘まれながら、焦《じ》らすようにして、ゆっくりと下から揺さぶられる。

じわじわと甘く広がる快楽は、気持ちいいけれど物足りない。

もっと欲しいと望んだ瞬間、ぴたりと動きを止められてしまうのだ。

もどかしくてたまらなくなって、気づけばカナリーはフィデルをきゅうきゅうと締めつけながら、腰を動かしていた。

「ふあっ、んンっ、フィデル、もっと……あんッ」

強請《ねだ》りながら腰を振れば、フィデルは胸への愛撫を再開した。

胸と内側を同時に刺激されて、あまりの気持ち良さに羞恥心《しゅうちしん》が薄まっていく。

もっと快感を得たいという本能のままに、カナリーは必死で腰を振った。けれども慣れない動きでは、どうしても達するまでに至らない。

もどかしく思っていると、フィデルはカナリーの腰を掴んで、下から大きく突き上げ始めた。

「え、ひゃぁッ、あんッ……アッ……ひンっ！」

激しく身体を揺さぶられ、求めていた刺激をようやく手に入れたカナリーは大きく喘いだ。

長椅子がギシギシと軋《きし》んで、吐く息が熱く、荒くなる。

快楽の高みに近づいて、身体がガクガクと震える。汗が噴き出して、纏《まと》ったままのドレスが邪魔に思えた。

身体を上手く支えていられなくなって、カナリーは倒れこむように彼の肩口に顔を埋《うず》める。

「くっ、はぁ……カナリー」

フィデルが切なげに名前を呼んで、きゅっと眉根を寄せた。

カナリーの限界はもう近く、目の前の身体にしがみつきながら求めるままに腰を振る。

フィデルの動きも荒々しくなって、彼の汗がぽたりと肌に落ちた。

「んンっ……フィデル、もう……あッ、ひぃア、イっ……あああっ！」

高まっていた快楽の塊が弾ける。

びくびくと身体を震わせながらフィデルを締めつけると、彼も同じように小さく身体を震わせた。

大きな快楽の波が去ると、心地よい脱力感に襲われる。

まだ火照《ほて》る身体を持て余しながら、カナリーはぐったりとフィデルに身体を預けた。

「……ドレス、ぐちゃぐちゃになっちゃいました」

「あとで直せば問題ない」

「いっぱい汗かいちゃったので、ベタベタしてます」

「私もだ。執務に戻る前に、着替えた方がいいかもしれないな」

すぐに作業に戻れるようにとドレスを脱がなかったのに、これでは逆効果ではないか。

困った様子の彼を見て、カナリーは幸せだなぁと笑みを浮かべた。

＊　＊　＊

転移魔術の成功から二カ月が経過した。

フィデルとカナリーは、この期間、転移魔術の実用に向けて動いていた。

国から許可を得るために、まずは安全面の検証を何度も行った。

座標がズレて壁の中に転移して即死した、などという事例が出れば、危険な魔術と認定されかねないからだ。

次に転移可能な荷物の量や、消費魔力と距離の関係なども細かく割り出して、報告書をまとめていく。

実験にはペペトの商人にも手伝ってもらった。

商館のひと部屋を転移用に改造して、一度に運べる荷物の量や、運用に必要な魔力量を割り出したのだ。やはり使ってみなければ分からないことも多く、商人目線での指摘はとてもありがたかった。

その結果、商売に必要な荷物を運ぶには、平均的な魔力量では難しいことが分かった。

カナリーは魔力の代わりに魔石を使えるようにしつつ、要求される魔力を下げるために魔法陣の改良を続けた。

そのたびに実験を繰り返して、ようやく国への報告書が完成したのだ。

この報告書は、もうすぐ開かれる国王陛下の生誕祭で提出する予定だ。

フィデルはずっと、ラーランドに転移魔術について知られることを警戒していた。

この数日、実験のためにカナリー達は頻繁《ひんぱん》に商館へと出入りしていた。そうなると、何が行われているのかと怪しむ人間が出るのは当然で、実際に街の住人に質問されたこともある。

もしかすると、転移魔術に関する何らかの情報が、ラーランドに流れていったかもしれないが、それはもうどうしようもない部分だと割り切っている。

とはいえ、情報の流出はなるべく抑えたい。フィデルが魔術を報告するために王都に出向けば目立ってしまうし、領地で何か起きたのかと勘ぐる人間も出るだろう。

だからフィデルは、生誕祭を利用することにした。

その期間であれば、フィデルが王都に滞在してもおかしくはない。

「魔術の完成が生誕祭に間に合ったのは、幸いだったな」

届いた招待状に返事を出したあと、カナリーはフィデルの執務室で打ち合わせをしていた。

もともと生誕祭へは同行する予定だったが、転移魔術を報告するなら、なおさらカナリーも一緒に行かなければならないだろう。

カナリーが作ったレポートを元に、フィデルが書いた報告書に目を通す。

内容に問題はなかったが、末尾に書かれた開発者の名前を見てカナリーは驚いた。

そこにはカナリーの名前が堂々と記《しる》されている。

「フィデル。魔術の開発者ですが、私の名前で提出するつもりですか？」

「君が開発した魔術なのだから、当然だろう」

「でも、これだと許可が下りない可能性がありますよ」

この国には女性の魔術師がいない。魔術を使える女性は存在するが、国に認められた国家魔術師は男性ばかりだ。魔術の開発者が女性だと、国は難色を示すかもしれない。

もちろんカナリーとしても、できることなら自分が手掛けた魔術だと胸を張って言いたい。

けれど、カナリーは今、フィデルの妻だ。

女性であっても優れた魔術師になれるのだと示したい欲はあるが、それ以上に開発者の性別のせいでこの魔術が認められないのは嫌だった。ペペトにはこの先、転移魔術が必要なのだ。

カナリーが国家魔術師になれなくても、フィデルなら好きに研究を続けさせてくれるだろうから、それでいい。

「妻の功績は夫のものでもあります。開発者をフィデルの名前にするとか、せめて共同開発にするとか」

「馬鹿を言うな。君の功績を奪うつもりなどない」

「奪われたなんて思いませんから、不安要素は消しておくべきです」

カナリーだって、こんなことを言わなければならないのは悲しい。けれど、『あなたは女の子なのだから』とカナリーを窘《たしな》めた母の声が蘇《よみがえ》る。

カナリーは俯《うつむ》き、ぎゅっと強く拳《こぶし》を握った。

すると、それに気づいたフィデルが、そっと優しくカナリーの手を包む。

「カナリー、大丈夫だ。私を信じろ」

フィデルの声は力強く、慈《いつく》しみに満ちている。

「開発者が女性であることが不利に働くはずがない。これは君の努力の結果だ。君は自分が成したことをただ誇ればいい」

彼の声を聞いているうちに、カナリーの心のわだかまりが溶けていく。

「私の研究は、認められると思いますか？」

「もちろんだ。素晴らしい妻を得たと、私は社交界で噂になるだろうな」

フィデルの冗談に、カナリーはくすりと小さく笑った。

「君は自分の仕事をした。交渉は私に任せて、あとは夜会で着るドレスの心配でもしておいてくれ」

「うっ、ドレス……それこそ、フィデルが決めてくださいよ」

生誕祭の前日には王宮で盛大な夜会が開かれるため、新しいドレスが必要になる。

けれどもカナリーは、自分のセンスに自信がなかった。

服など動きやすいのが一番で、ずっと同じドレスを着回せるカナリーに、ドレスを作るというのは大仕事なのだ。

「せっかくの機会だ、君が選んだドレスが見たい」

「転移魔術を開発するより、難題かもしれません」

カナリーが大真面目に告げると、フィデルは楽しそうに笑った。

第五章　王都へ

国王陛下の生誕祭に出席するため、カナリーとフィデルは共に王都へ向かうことにした。

ペペトから王都へは、馬車で二日ほどかかる。転移魔術で移動できれば一瞬なのだが、国から承認されるまでは従来の方法で移動するのがいいだろうという判断だった。

転移魔術についての報告書は、すでに準備万端だ。

「やり残したことはありませんよね？」

馬車の中でカナリーが報告書の最終チェックをしていると、フィデルが横からくすくすと笑う。

「魔術のことばかり気にしているが、夜会の準備はできているのか？」

「そっちも、ちゃんと準備しました。ドレスも頑張って選んだんですよ。……ルルが」

いくら考えても、カナリーには自分に似合う流行のドレスなど分からなかったので、ルルに泣きついて協力してもらったのだ。

「君は案を出さなかったのか？」

「少しは考えろと言われたので、色だけは自分で決めました」

好きな色を選べと言われて、脳裏に浮かんだのはフィデルの瞳の赤だった。

けれど、カナリーには濃い赤が似合わないため、薄紅色の生地を中心に差し色として赤を入れてもらったのだ。

フィデルの色を入れたなんて恥ずかしくて言えないが、おかげでドレスを着るのが少し楽しみになった。

馬車に揺られながら街道を進むと、すぐにラーランド領に入った。

街道の先に大きな川があって、そこには立派な橋がかけられている。パスカルが改修したという問題の橋だ。カナリーは初めて見たが、噂通り無駄に豪華な装飾が施《ほどこ》されている。

橋の片側には小屋があって、兵士が詰めているようだった。近くに街があるわけでもないので、通いでここに来なければならない兵士は大変だろう。

「あれが例の橋ですね」

「ああ。ペペトに用がある人間しか使用しない橋だ」

ペペトに関係する人間のみとなれば、通行量もたかが知れている。ここで待機しなければならない兵士はきっと退屈に違いない。

兵士はヴァランティス家の紋章入りの馬車に気づくと、急いで小屋から出てきて礼を執った。

「ようこそいらっしゃいました、ヴァランティス伯爵様」

「王都に向かうのに橋を使いたい。サントス」

フィデルが声をかけると、先行馬車に乗っていたサントスが兵士に通行料を支払う。すると兵士は小屋のカウンターにサントスを連れていき、台帳に記名するよう促《うなが》した。

「わざわざ、通行記録を残しているのか？」

「はい。面倒ですが、これも命令でして」

サントスは頷いて台帳に記名する。

待っている間、フィデルは兵士に話しかけた。

「ここで待つのは、退屈ではないか？」

「そりゃあもう。誰も来ない時間の方が長いですからね。ただ、待っている間に行う仕事を言いつけられることもありますから」

「この場所で仕事をするのか？　大変だな」

「まぁ、この橋を通った商会の名前と、その頻度をまとめて送れ、みたいな簡単な事務仕事なので。空いた時間にできるんです」

「……なるほど。君は仕事熱心な兵士だな」

フィデルが感心した様子で兵士を褒めると、タイミング良くサントスの記帳が終わる。

「これで通っていいのか？」

「はい！　ご協力ありがとうございました」

敬礼する兵士に見送られて、カナリー達は橋を通過する。

「フィデル様、先ほどの……」

「ああ、承知している」

馬車へと戻る前に、サントスとフィデルが何かを言い交わす。

「何かありました？」

「パスカルが転移魔術の存在に気づいた可能性がある」

どういうことかとカナリーは首をかしげる。橋と転移魔術には、何の関係もないはずだ。

「通行記録を取っていると兵士が言っていただろう。この二カ月、転移実験に協力した商人は橋を使用していない」

フィデルの言葉にカナリーはハッとした。

転移魔術の実験で商品を王都に運んでいるので、彼らは通常の手段で荷物の輸送をしていない。それまで頻繁《ひんぱん》に橋を使っていたはずの商人が、ぴたりと輸送をやめたことにラーランドは勘づいたかもしれない。

「で、でも、それだけで転移魔術を開発したことにたどり着くでしょうか？」

橋を利用していないだけなら、取り扱う商品を変えた、商売をやめたなどの事情で輸送していないと思うのが普通だ。転移魔術の実験に付き合っているという発想には至らないだろう。

「可能性はある。私が商人のもとへ頻繁《ひんぱん》に出入りしているのは調べればすぐに分かるだろうし、橋を利用していないのにペペトの輸出品が王都で売られているのも調べれば分かるだろう。すぐに転移魔術だと思い至らないかもしれないが、君が研究していた魔術についても、バラチエ家に探りを入れて情報を入手したかもしれない」

橋を使っていないのであれば、ペペトからの輸出品は減るはずだ。

けれど、その量が減っていないのであれば、橋を使わない別の手段で荷物が運ばれていると気づける。

だが、通常の輸送手段ではラーランドを通らず王都へ行くことは不可能だ。

であれば、転移魔術を疑ってもおかしくはない、ということか。

しかも、詰所にいた兵士の話では、橋を利用した商会の名前と回数をわざわざ報告させていたという。どうにもきな臭い。

「道中、何も起きなければいいのだがな」

フィデルは目を伏せて何かを考え込むと、カナリーの持つ荷物に目を向けた。

「カナリー、報告書は持っているか？」

「あ、はい。もちろんです」

フィデルに聞かれて、カナリーは自分の荷物から報告書を取り出した。

「それは私が預かろう」

フィデルはその報告書を自分の荷物にしまうと、代わりに別の紙をカナリーに差し出した。

「これは、私のレポート？」

フィデルがカナリーに差し出してきたのは、カナリーが以前書いたレポートだった。

転移魔術の基幹理論が書かれたもので、ガハールの研究をしている途中、商人に協力を求めるときに資料として作成したものだ。

研究途中のレポートなので、ここに書かれている情報は古い。

「念のために予備として持ってきていたものだ。こちらにはガハールの情報は記載されていない。君はこちらを持っていてくれ」

報告書とレポートを交換する意味はあるのかとカナリーは首をかしげたが、きっとフィデルに何か考えがあるのだろう。今ここでカナリーにすべてを話さないことにも理由があるはずだと思い、そのままレポートを荷物にしまった。


その後、フィデルの懸念を裏づけるような出来事が起きた。

ラーランドを抜ける途中、カナリー達はある宿場町に馬車を停めて宿を取った。

旅の途中は部屋数の関係で、カナリーとルル、フィデルとサントスに分かれて眠っている。

小さなクローゼットがあるだけのシンプルな部屋で、ルルに身体を清めてもらったカナリーは、旅の疲れを癒そうと早めに就寝準備を終えてベッドへと潜《もぐ》り込んだ。

普段研究室にひきこもっているせいでカナリーには体力がない。馬車旅で疲れた身体は休息を求めていて、すぐに眠気がやってきた。

カナリーが微睡《まどろ》みかけた頃、突然、部屋の戸がノックされる。

「カナリー、まだ起きているか？」

フィデルの声だ。

どこか緊迫した気配に眠気が飛んでいったカナリーは、急いでベッドから起き上がって、扉を開けた。

「何かあったんですか？」

こんな時間に部屋に来るなんて、ただごとではない。

フィデルは緊張した様子で窓を睨んだ。

「宿の外に不審な気配があった。サントスと共に様子を見てくる」

カナリーは息を呑んで窓の外を見た。

けれどもガラスの向こうは暗く、不審人物の姿など見えない。

「だ、大丈夫ですか」

「私達のことは心配するな。君はルルと部屋で待機していてくれ」

「分かりました。気をつけてください」

「ああ。カナリーもどうか気をつけて」

フィデルが部屋を出ていく。彼の気配が遠ざかると、室内がしんと静まり返った。

カナリーは緊張で身を固くしながら、ベッドの側に置いてあった荷物を抱き寄せる。この中には、フィデルから預かった転移魔術のレポートが入っているのだ。

ドキドキしながら息を詰めてフィデル達が戻ってくるのを待っていると、宿の前の通りから喧噪《けんそう》が聞こえてきた。

フィデルの鋭い声と、剣がぶつかる金属音。戦闘が起きているのだとすぐに分かった。

「奥様、こちらに。何があっても、私がお守りしますから」

緊張するカナリーを気遣って、ルルがぎゅっと手を握ってくれた。

ルルの手の温かさにカナリーの気が緩《ゆる》んだ瞬間、ガタガタと窓が音を立てる。

驚いて目をやると、黒い服を着た男が窓を開けて部屋の中へと侵入しようとしているところだった。

「ひっ！」

ルルが小さな悲鳴を上げて、カナリーを庇《かば》うように前に出た。

この部屋は二階だ。まさか、そんな場所から侵入しようとする者がいるとは思わなかった。

心臓が口から飛び出そうになりながらも、カナリーは荷物を抱く腕に力をこめる。

「な、何者ですか！」

ルルが気丈にも侵入者に問いかけた。

侵入者はその問いに答えることなく、腰から短刀を引き抜いて構えた。鋭い刃が、月明かりを反射してギラリと光る。

「さ、去りなさい曲者《くせもの》！　奥様に手出しはさせません」

侵入者に刃物を向けられても、ルルは怯《ひる》まなかった。けれども、その小さな身体は恐怖で震えている。

ルルを守らなければと、カナリーは咄嗟《とっさ》に声を上げた。

「ね、狙いは金銭ですか？　お金なら、ここに」

震える手で鞄から金貨の入った袋を取り出す。相手が盗賊ならば、これで満足するはずだ。

侵入者は金貨袋を見てニヤリと口を歪めたが、それを受け取ろうとはしなかった。

「話が早くて助かる。袋だけじゃなく、荷物ごと全部寄越しな」

「そ、それは……」

男の要求にカナリーはためらった。

お金は渡しても構わないが、荷物の中には大事なものが入っているのだ。国の認可を得る前に、転移魔術の情報が外部に漏れるのはまずい。

だが、男は早く渡せと言わんばかりに掌《てのひら》を差し出してくる。

「早くしろ」

「駄目です、この荷物は渡せません」

カナリーはぎゅっと荷物を抱きかかえて、首を左右に振った。

転移魔術はペペトの希望なのだ。得体の知れない不審人物になど渡せない。

カナリーが抵抗の意思を見せると、男はやれやれと息を吐いた。

「仕方ない。なら、力ずくで奪うことにしよう。死んでも恨むなよ？」

「奥様！」

男が短刀を振りかぶる。

ルルがカナリーを庇《かば》うように、ぎゅっと腰に抱きついた。

「ルル！」

カナリーはルルを助けようと、抱きしめていた荷物を放り出してルルの身体を抱き、ふたりで縺《もつ》れ合うようにして床を転がった。

ヒュンと短剣が宙を切る音が聞こえる。

どうにか一撃を避けたが、この体勢では二撃目を避けられない。

カナリーが死を覚悟した瞬間、バタンと乱暴に部屋の扉が開いた。

「カナリー、無事か!?」

「フィデル！」

慌てて戻ってきたフィデルが、剣を構えて侵入者に対峙する。

フィデルの乱入で侵入者は己《おのれ》の不利を悟ったのだろう。床に転がったカナリーの荷物を奪うと、一目散に窓から逃げ出した。

「くそっ！」

フィデルは不審者を追おうと窓にかじりつくが、震えるカナリー達を見て飛び降りるのをやめた。

代わりに、まだ通りにいるらしいサントスに向かって声を張り上げる。

「サントス、カナリーの荷物を奪って男がひとり逃げた！　追え！」

慌ただしく走る音が通りから聞こえる。

追跡をサントスに任せたフィデルは、バタンと窓を閉めてからカナリー達に向き直った。

「カナリー、ルル、怪我はないか？」

「わ、私は無事です、奥様は？」

慌てて起き上がったルルは、心配そうにカナリーを確認する。

ルルに怪我がなかったようで、カナリーは安心した。

「私も無事よ。でも、荷物が……」

あの中には転移魔術のレポートが入っていたのに、盗まれてしまった。

「心配するな、盗人《ぬすびと》はサントスに追わせている。あいつなら上手くやるだろう」

サントスが荷物を取り返してくれるといいのだが、どうにも不安が収まらない。

「喧噪《けんそう》が聞こえましたが、表にも不審者がいたんですか？」

「ああ。だが、こちらは陽動だったのだろう。黒ずくめの男がこっそりと宿の壁をよじ登っているのに気づいて、慌てて引き返してきたんだ」

「戻ってきてくれて助かりました」

フィデルがあと少し遅ければ、侵入者に斬られていたかもしれない。

剣を向けられた恐怖が蘇《よみがえ》って、思わず身体が震えてしまう。

怯《おび》えるカナリーを、フィデルは優しく抱きしめた。

「無事で良かった」

フィデルの腕は逞《たくま》しくて温かい。彼が側にいてくれるなら大丈夫だと安心できる。

すぐに震えも収まって、カナリーはもう大丈夫ですと言い、彼から身体を離した。

「あの侵入者達は何だったんでしょうか。盗賊にしては様子が変でしたけど」

カナリーが差し出した金貨の袋には見向きもしなかった。

普通の盗賊なら、金目のものが入っているか分からない荷物よりも金貨を欲しがるはずだ。

「おそらくだが、パスカルの差し金だろう」

「トラックル伯爵の？」

まさか転移魔術のことを疑って、賊を差し向けたのだろうか。

伯爵ともあろう人間がこんな乱暴な手段に出るのかと驚いたが、彼ならばやりかねない。

「サントスが賊を捕らえてくれれば、話を聞き出せるのだが」

フィデルの言葉に、カナリー達はサントスが戻るのを待つことにした。


しばらくしてサントスが疲れた様子で宿に戻ってきた。

「フィデル様、申し訳ありません。賊には逃げられてしまいました」

サントスが言うには、ただの賊とは思えないほど統率が取れていたらしい。追手が来るのも織り込み済みだったようで、街中に伏兵がいたそうだ。

サントスは伏兵に妨害されて、賊を見失ってしまったらしい。

「ずいぶん手慣れた様子でしたよ。この街の立地にも詳しいみたいでした。あれは多分、普通の賊じゃありません」

商人や旅人を狙う賊はいるが、そういった類《たぐい》の連中は街の外に居を構えている。だが、賊はこの街に詳しい様子だったらしい。であれば、ここで暮らしている可能性が高い。

剣筋も整っていて、賊というよりは賊に扮《ふん》した兵士のようだったとサントスは語った。

「やはり、パスカルの差し金だろうな。狙いはカナリーの研究か」

「そうだと思います。まんまとしてやられました。申し訳ありません」

荷物を取り戻せなかったのが悔しいのだろう。うなだれるサントスの肩を、フィデルが慰めるようにぽんと叩く。

「落ち込むな。私も陽動を見抜けなかったし、それだけ周到に罠を張っていたんだろう。過ぎたことを悔やんでも仕方がない。今後のことを考えるべきだ」

パスカルが犯人なのだとすれば、レポートを盗んで終わりだとは思えない。

ペペトが本当に転移魔術を開発したのだと知れば、さらに妨害してくるはずだ。

「トラックル伯爵は、何をしてくるつもりなんでしょうか」

カナリーにはパスカルがどんな妨害をするつもりか、予想もつかなかった。

研究途中であれば、カナリーを殺してしまえば研究は止まるが、転移魔術はもう完成している。

「おそらく奴が狙うのは、転移魔術の横取りだろう」

「横取り?」

「カナリーのレポートを使って、転移魔術はペペトではなく、ラーランドが開発したのだと宣言するはずだ」

フィデルの予想があまりにとんでもないことだったので、カナリーはぽかんと口を開けた。

「そんなことってありえます? 絶対に怪しまれますよ」

パスカルが何をしたところで、カナリー達は国に報告書を提出する。

ペペトとラーランドが同時に、自分こそが開発者だと名乗り出ることになるのだ。ペペトも怪しまれるだろうが、ラーランドにだって疑惑がかかる。

「怪しまれても構わないんだろう。というか、怪しまれることを狙っているんだ。ペペトとラーランドが同時に主張すれば、どちらかは人の研究を奪った泥棒ということになる。パスカルは私を泥棒に仕立て上げるつもりだ」

そんな馬鹿な話があってたまるものか。

研究を盗んだ本人が、本来の開発者を泥棒呼ばわりするなんて。

「泥棒はトラックル伯爵じゃないですか！　そんなでたらめ、信じる人がいるんですか？」

「それがいるんだ。貴族社会ではどちらが正しいかよりも、誰の味方になるかが重要視されることがある。パスカルと私が同じ主張をすれば、私の旗色が悪くなるのは明白だ」

フィデルの説明を聞いて、カナリーはハッとした。

貴族社会の陰湿さの一端を、カナリーも知っているからだ。

それを考えると、転移魔術のレポートが盗まれたのは最悪の事態と言える。

「私が荷物を手放したりしたから……ごめんなさい」

あのとき、もっと必死で荷物を守れば良かった。

レポートを奪われてはいけないと、分かっていたのに。

「カナリーのせいではない。それに、私は諦めるつもりはないぞ」

フィデルの力強い言葉に、カナリーは俯《うつむ》きそうになる顔を上げた。

「何か手があるんですか？」

「同じ主張をすればラーランドが有利になるだろうが、誰の目から見ても開発したのがこちらであると明白にすればいい。幸い、盗まれたのは報告書ではなく、カナリーが書いたレポートの方だ。あちらにはガハールの記載がない」

たしかにそうだ。あのレポートはガハールの研究中にまとめたものなので、まだ結果が出ていないガハールの効果については書かれていない。

さらに、商人の意見を聞いて魔法陣にも改良を加えて、魔石を魔力の代替えにしたり、より少ない魔力で起動できるようになっている。

同じ主張では不利になるとしても、パスカルが用意したものは数段劣っているはずなので勝ち目はある。

盗まれたのが、古いレポートの方で良かった。

そう思ってから、そういえばあのレポートはフィデルの提案で入れ替えたことを思い出す。

「フィデル、もしかして私の荷物が盗まれるかもしれないと予想していたんですか？」

「そういうわけではないが、もし狙われるなら、私よりも開発者であるカナリーの荷物だろうとは思っていた」

襲撃を予想していなかったものの、嫌な予感がして念のために入れ替えたのだとフィデルは告げる。

結果的に報告書は守れたのだから、その勘は大正解だったというわけだ。

「作戦を立てよう。パスカルが妨害するようであれば、私は全力でそれを叩き潰す。カナリーが苦労して作り上げた転移魔術だ。あいつの好きにさせてたまるものか」

カナリー達は王都に着くとまず、フィデルの屋敷へ向かった。

地方で暮らす貴族のほとんどは王都にタウンハウスを持っている。フィデルも王都に屋敷を持っていて、陛下の生誕祭が終わるまではそこで過ごすのだ。

王都にあるヴァランティス家のタウンハウスは、ペペトにある本邸よりも小さい。けれども王都に恥じない華やかさがあり、絵画や彫刻なんかも飾られている。素材を生かしたペペトの屋敷とは違った優美なところだ。

屋敷に入ると同時に、フィデルは陛下へ謁見を求める書状を送った。転移魔術を開発したので報告したいという内容に対して、すぐに問い合わせが来る。

どうやらパスカルも陛下に同様の報告をしたらしい。ラーランドも同じ研究を完成させたと言っているが、いったいどういうことかと、困惑している様子だった。

予想通りの動きだが、盗んだ魔術で報告を行うなんて図々しいにも程がある。

当然、フィデルはことのあらましを綴《つづ》った手紙を陛下に送り返した。

双方から訴えがある以上、片方だけの言い分を鵜呑《うの》みにしたりはしないだろう。

思った通り、陛下からの返信には、詳しい話を聞きたいので場を設《もう》けると書かれていた。

「ここまでは予定通りだな」

王都の屋敷にある執務室で、フィデルは読み終わった手紙を封筒へと戻す。

「フィデルの予想した通り、トラックル伯爵は本当に自分が開発したって名乗り出たんですね」

あまりに厚かましいパスカルの行動にカナリーは呆れた。

他人の成果をかすめ取ろうとするなんて、上に立つ人間のすることではない。

「パスカルはそういう男だ」

「でも、これって嘘だとみなされた方は、立場が悪くなるんですよね」

国王陛下に対して嘘の報告を行ったのだ。露見すれば、何らかの罪に問われるのではないか。

「もちろんだ。詐称が発覚すればパスカルの立場は悪くなるし、何らかの罰が下るだろう。だが、詐称したのはこちら側だと判断されれば、私が罰を受けることになる」

フィデルが罰される可能性を示唆されて、カナリーはぎゅっと拳《こぶし》を握る。

こちらは何も悪いことをしていないのに、罰されるかもしれないなんてとんでもないことだ。

パスカルは自分の立場が悪くなるリスクを背負ってでも、フィデルを追い落としたいのだ。

「だが、これはチャンスでもある。こちらの言い分を信用させられれば、パスカルを黙らせることができる」

パスカルはペペトを困らせるために、橋を改修するなどの敵対行為を繰り返している。

彼の力を削《そ》ぐことは、ペペトの安全に繋《つな》がるのだ。

「……君の研究を、このような下らない権力争いに巻き込んで申し訳ない」

強い口調で話していたフィデルだったが、ここに来て語気を弱くした。

パスカルと敵対することにためらいはなくても、カナリーの研究を巻き込んだことに罪悪感があるのだろう。

「気にしないでください。仕掛けてきたのは向こうなんですから。それに、転移魔術はペペトの役に立てればと思って完成させたんです」

「あの魔術は君が婚前から長く研究していたものだろう。転移魔術を開発して、国家魔術師になりたかったのではないのか？」

たしかにカナリーは女性初の国家魔術師になりたいと憧れていた。

けれども、反抗心から生まれた承認欲求は、もうすでに満たされてしまっている。

「周囲から認められたいという私の願いは、フィデルが叶えてくれたんですよ。だから、今はペペトのために尽くしたいって気持ちの方が強いんです」

フィデルならパスカルの嘘を暴いて、転移魔術がペペトで開発されたのだと証明してくれるだろう。

「私はフィデルの味方ですよ。協力できることがあれば、何でも手伝います」

カナリーがドンと胸を叩くと、フィデルは安心したように息を吐いた。

「不思議だな。君が側にいてくれるだけで、誰にも負けないという気になれる」

熱っぽい目で見つめられた途端、恥ずかしくなってしまう。

「それはつまり、愛の力ですね」

「そうだ。君のことが愛しくてたまらない」

茶化そうと軽口を叩いたら、それ以上の言葉が返ってきて、カナリーは言葉に窮してしまった。

互いにしばらく見つめ合ったあと、自然な動作でフィデルの唇が近づいてきて、カナリーは慌てて手を前に突き出した。

「フィデル、まだ話が途中ですから！」

思わず雰囲気に呑まれそうになったが、大事な話は終わっていない。

フィデルは不満げな顔をしながら、仕方ないと距離を空ける。

「お城に出向いて、魔術についての説明を行わなければならないんですよね。いつ登城するかは決まっているんですか？」

「いや、日程は追って連絡すると書かれていた。とはいえ、そう遅くはならないだろう。生誕祭が終われば皆領地に戻るだろうから、それまでに場が設《もう》けられるはずだ」

生誕祭は今から八日後に行われる。国を挙げてのお祝いで、王都の街はたくさんの屋台で賑わうらしい。

今は街中でその準備が進められていて、屋敷に向かう道中も浮ついた雰囲気があった。

「私達が王都に着いたことはパスカルも気づいているだろう。そろそろ、次の妨害があってもおかしくない」

「次の妨害ですか？」

パスカルが転移魔術の開発を公《おおやけ》にしたことで、本当の開発者であるカナリーの身が危険になるかもしれないとフィデルは指摘する。

「パスカルは君が登城するのを阻止しようとするはずだ。本当の開発者である君と魔術の知識で争って、勝てるはずがないからな」

「阻止って、具体的にどうするつもりなんでしょうか」

「君を誘拐してどこかに監禁するか、あるいは事故を装《よそお》って消そうとするかもしれない。そこまではしないと思いたいがな」

ペペトの領民を苦しめて、平気で人の研究を盗むような相手だ。フィデルがそう言うなら、命を狙われる可能性も考えるべきだろう。

「私は君をそのような危険に晒《さら》したくない。だから、君を傷つけるのではなく、利用しようという方向にパスカルの考えを誘導する」

フィデルがニヤリと悪い顔で笑う。

「今度は何を企《たくら》んでるんですか？」

「簡単だ。私が王都で愛人を作り、君を冷遇していると思わせる。私と君が不仲だと分かれば、パスカルは君を味方につけようと近づいてくるだろう」

よくそんなポンポンと策を思いつくものだとカナリーは感心したが、不穏な言葉は聞き逃さなかった。

「愛人を作るんですか？　フィデルが、王都で？」

たとえ演技だとしても、フィデルが他の女性と仲良くするのは嫌だ。

そんな黒い独占欲が浮かび上がってきて、カナリーは自分の浅ましさに戸惑う。何でも手伝うと言ったのに、こんな嫉妬をぶつけていいのだろうか。

表情を曇らせるカナリーを見て、フィデルは安心させるように微笑んだ。

「心配するな。私が王都で作る愛人は、君だ」

「はい？」

フィデルの言葉の意味が分からず、カナリーは首をかしげたのだった。


カナリーは王都郊外にある、小さなアパートで目を覚ました。

家具が備えつけられた賃貸で、部屋は二つしかないながらも、清潔感があって可愛らしい住まいだ。カナリーは顔を洗うと、愛らしい街娘風のグリーンのワンピースに着替えた。鏡で確認すると、手入れされてツヤツヤになった金の髪が目に入る。

(ちゃんとお手入れすれば、ここまで変わるのね)

ボサボサで櫛《くし》も通らず、まったく艶《つや》がなかった自分の髪を思い出して、カナリーは苦笑した。

ルルが毎日頑張ってくれたおかげで、カナリーの髪は少しずつ改善されている。

そして、昨日徹底的に行われた手入れによって、カナリーの髪は見違えるほど艶《つや》やかになっていた。

カナリーが感心しながら鏡を見ていると、訪問者を知らせるベルがカラコロと音を立てた。

慌てて玄関扉を開ければ、そこにはフードを深く被って顔を隠した、商人風の装《よそお》いのフィデルが立っていた。

「おはようございます、フィデル」

フィデルはカナリーを見下ろすと、姿を隠すように素早く扉を閉めた。人の目がなくなったところで、彼はフードを取って顔を露《あら》わにする。

化粧っ気のないカナリーの姿を、彼はジロリと睨んだ。

「カナリー、なぜ準備をしていない？」

「無茶言わないでください。私があれを再現しようとすれば時間がかかるんです」

フィデルの指摘にカナリーは反論した。

この家で支度をして待っているようにと指示されていたのだが、それがカナリーにはとても難しい内容だったのだ。

「仕方がないな、今日は私が手伝おう。道具はどこだ？」

「鏡台のチェストに入ってますけど、フィデルがやるんですか？」

「やり方は見ていたからな。安心しろ、これでも手先は器用なんだ」

フィデルに促《うなが》されて、カナリーは鏡の前に座った。大きな手で髪を編まれ、顔に化粧粉を塗られていく。

数種類の化粧粉を使い分け、フィデルはパレットに絵を描くように巧みに陰影をつける。さらには本来の眉を隠したあとに普段と違う位置に眉を描き、目元にもさりげなく墨を入れた。

丁寧に化粧を施《ほどこ》された結果、鏡にはまるで別人のような美しい女性が映し出されていた。

仕上がりを確認して、フィデルは満足そうに頷く。

「ルルには敵《かな》わないが、なかなかの出来になったな。君をよく知らない人間であれば、別人に見えるはずだ」

「家族が見ても、私だとは気づきませんよ」

非常に地味なカナリーは、もともと化粧映えする顔立ちだ。

少しの化粧でもガラッと雰囲気が良くなるのだが、今回ルルに教えてもらったのは、別人のように顔の印象を変える化粧だった。

垂れた目を切れ長にし、眉の位置を調整したり、化粧粉の濃淡で顔をふっくらと見せたりする技法は、まるで魔術のようだ。

さらに、カナリーは魔術を使って瞳の色も普段と変えている。髪や瞳の色は魔力量に左右されるので、意図的に瞳周辺の魔力を薄めることで、色を変えられるのである。いつもは濃いグリーンの瞳が、今は淡い水色になっているのだ。

そうやって作られた顔は非常に美しく、元のカナリーからかけ離れた印象だった。

当然、パスカル側の人間もこれがカナリーだと気づかないはずだ。

「アナ、設定は覚えているか？」

カナリーのことをアナと呼び、フィデルは尋ねる。

「ええと、名前はアナ。生誕祭で人が集まる王都に短期の出稼ぎに来た、アリンダ出身の村娘。生誕祭のために王都に滞在するヴァランティス家の屋敷に下女として雇われて、そこでフィデルに見《み》初《そ》められた、ですよね」

「そうだ。昨日、給仕に来ていた君を気に入った私は、こうして休日に家まで訪ねてきた」

その設定を聞けば、フィデルはとんでもない男である。まだ新婚の妻を連れて王都に滞在しながら、下働きの女に手を出すのだから。

けれども、こういう浮気は珍しい話ではないらしい。

政略結婚が多い貴族の夫婦は、互いに愛人を持つことがよくあるのだとか。

パスカルの目を欺《あざむ》くために、カナリーはアナとして王都のアパートで寝泊まりして、フィデルの屋敷に通うことにした。

正体がバレたときのために、こっそりと護衛までつける念の入れようだ。

「私が浮気しているとパスカルが知れば、君にその情報を伝えようとしてくるだろう。あんな不誠実な男は見限って、こちらに味方しろと誘ってくるはずだ」

「その浮気相手が私だと分かれば、きっと激怒するでしょうね。でも、そんなに上手くいくでしょうか」

「それは君の演技次第だな」

フィデルはこの状況を楽しんでいるようで、くつくつと喉を鳴らした。

「騙されてくれるといいですけど。こんな回りくどいことをせずに、他の女性を用意した方が確実だったんじゃありませんか？」

フィデルが演技でも他の女性に愛を囁《ささや》くのは嫌だが、カナリーが変装するよりもリスクが少ない。

「そうでもないぞ。金で雇った人間は信用できない。より大きな金額で寝返る可能性があるからな。それよりも、信頼できる君に協力してもらう方が確実だ」

こういう企《たくら》みは、関わる人間が少ないほど露見しにくいのだとフィデルは言う。

「それに、君じゃなければ私の演技に支障が出そうだ。君以外の女性を相手に、上手く愛を囁《ささや》ける気がしない」

「……そ、そうですか」

「そうだとも。さあ、このまま街に出るぞ。私が浮気しているところを、パスカルの手の者に見せつけなければ」

アナに扮《ふん》したカナリーは、お忍びを装《よそお》ったフィデルと王都を歩く。

とはいっても、フィデルが浮気しているという噂が実際に流れてしまわないよう細心の注意を払う。愛人が暗に認められているとはいえ、王都まで連れてきた新婚の妻を放って別の女と遊んでいるというのは、さすがに体裁が悪いのだ。

魔物の子という風評があり、他人にどう思われても気にしないフィデルだが、陛下との謁見を前に評判を落とす行為は控えたい。

ゆえに、フィデルはフードを深く被って顔を隠した状態だった。

「でも、これだと私と一緒にいるのがフィデルだって分からないんじゃありませんか？」

王都の通りを歩きながら、カナリーは不安げに尋ねた。

「大丈夫だ。パスカルは私に監視をつけているようだからな。屋敷を出るときに風にあおられたように見せかけてわざとフードを外したら、ちゃっかり尾行がついてきた」

フィデルはそう言って、斜め後ろに視線をやった。

人に紛れてカナリーには分からないが、そこにパスカルの手の者がいるのだろう。

「だから、安心して私と浮気するといい」

フィデルはカナリーの腰に回していた手を、抱くように引き寄せる。

ぴったりと身体がくっついて、歩きにくいことこの上ない。

通りで堂々といちゃつく恋人が珍しいのか、すれ違う人がちらちらとこちらを見ていた。

「フィデル、さすがに近すぎませんか？」

腰に置かれた手を気にしながら、小声でカナリーが窘《たしな》める。

「アナ、演技を忘れてはいけない。君は今、ヴァランティス家に雇われている下女なのだから」

睦言《むつごと》でも囁《ささや》くように指摘されて、カナリーはハッとした。

そうだ。下女はフィデルを呼び捨てになんてしないはず。

「失礼しました、フィデル様」

「気にすることはないさ、愛しいアナ」

甘く微笑んでから、フィデルは再びカナリーの耳に唇を寄せた。

「人の目が気になるかもしれないが、今は私だけを見るように」

蕩けるような甘い笑みを浮かべたフィデルに、カナリーは内心舌を巻いた。

よくまあ、こんなにも溺愛している演技ができるものだ。尾行者に見せつけるためだと分かっていても、あまりの甘さに恥ずかしくなってしまう。

けれど、ここで恥ずかしがってはいけない。カナリーも彼の演技に応えなければ。

「フィデル様と共にいられて、嬉しいです」

カナリーは大袈裟に喜んで、彼の肩に頬を寄せた。

「ほら、アナ。次はあの店を見てみよう」

フィデルはカナリーを抱き寄せながら、宝石店へと向かった。

扉に洒落《しゃれ》た彫刻が施《ほどこ》された落ち着いた店で、高級店だとすぐに分かる。

気後れするカナリーの背を押しながら、フィデルは扉を開けて店内へとエスコートした。

品のある服を着た店主が、値踏みするような目でこちらを窺《うかが》う。質の高い服を着ているが顔を隠した怪しい男が、どういった客か測りかねているのだろう。

フィデルは堂々と店の中を歩き、ケースに飾られた髪飾りを眺めて、そのうちひとつを指差す。

「これなんてどうだろう。君の美しい髪によく似合う」

「ありがとうございます。でも、こんな立派な飾り、私には相応《ふさわ》しくありません」

大粒のエメラルドを使った、羽のような細工が煌《きら》びやかな髪飾りだった。

アクセサリーの値段をちらりと見て、カナリーは首を左右に振る。

たしかに美しい飾りだが、演技のためとはいえ、こんな高価なものをもらうのは悪い。それに、同じ値段ならば、魔術の素材を買いたいというのがカナリーの本音だ。

「遠慮はしないでくれ、私が君に贈りたいんだ。主人、こちらを」

フィデルが声をかけると、遠巻きに様子を見守っていた店主が近づいてくる。

強引に髪飾りを購入するフィデルに、カナリーはぎょっとした。

「フィデル様！」

「アナ、どうか私の気持ちを受け取っておくれ。君に公然と愛を誓えない私の詫びだ」

フィデルは切なげに眉根を寄せると、カナリーの髪のひと房を手にして口づけを落とす。

（やりすぎよ、フィデル！）

心の中で悲鳴を上げて、カナリーは口をぱくぱくさせた。

「そちらの髪飾りは、お連れ様の美しい髪色によく似合うかと」

店内でいちゃつくカナリー達に、店主は笑顔で話しかける。

揉み手でもしそうな様子を見るに、フィデルを上客だと判断したのだろう。

「そうだろう？　店主、こちらをいただこう。包みは不要だ。今すぐ彼女の髪に挿《さ》してやりたい」

フィデルは髪飾りの代金を支払うと、すぐさま購入した飾りをカナリーの髪へ挿《さ》した。

アナは平民の娘という設定である。質素な服装に、高価な髪飾りは少し浮いてしまう。

けれどそれも、フィデルが寵愛していることを示すためにあえて目立つようにしているのだろう。

（必要経費、必要経費……）

心の中でカナリーが呪文のように唱えていると、髪飾りに触れていたフィデルの手が、そっと頬に移動した。

驚いて顔を上げると、甘い瞳でカナリーを見つめるフィデルと視線がぶつかる。

「本当によく似合う。綺麗だ」

（誰⁉）

再び悲鳴を上げてしまいそうになるほど、今日のフィデルは甘さが違った。彼にこんな甘ったるい演技ができるとは思っていなかったので、いちいち翻弄《ほんろう》されてしまう。

「さて、次は甘いものでも食べようか」

フィデルは再びカナリーの腰を抱いて、楽しそうに店を出た。


それからも、フィデルの猛攻は凄まじかった。

彼はとにかく、徹底的にアナを溺愛しているよう演じてみせた。

通りかかった公園で屋台を見つけて、一緒にフルーツを食べようとしたときのことだ。

フィデルはククの実が詰まったカップを購入すると、近くのベンチへ移動する。そのまま並んで座るのかと思いきや、彼はなんと自分の膝の上に座るようカナリーに求めたのだ。

「ほら、こっちへおいで」

ポンポンと膝を叩きながら呼びかけられて、カナリーは頬をひきつらせた。

座るのをためらっていると、腰を引き寄せられて強引に膝に乗せられる。

室内ならまだしも、ここは人通りの多い公園だ。もちろん、溺愛っぷりを尾行者に見せるために狙ってやっているわけなのだが、カナリーはそろそろ羞恥《しゅうち》に耐えきれなくなってきた。

「ここまでする必要がありますか!?」

小声で抗議してみるが、彼はカナリーを咎めるように耳へ唇を寄せる。

「必要だからやっている。私が君を溺愛しているのだと、しっかり示さなくては」

「ひっ、耳元で喋《しゃべ》らないでください……」

密着した状態で耳朶《じだ》に息を吹きかけられ、背筋がゾクゾクとした。

フィデルは楽しそうにくすりと笑うと、フルーツのカップから赤い果実を取り出してカナリーの口元へと近づけた。

「アナ、口を開けて。王都のククの実は甘いぞ」

「じ、自分で食べられます」

「私が君に食べさせたいんだ。ほら、あーん」

主人の頼みを、下女という設定のアナが断れるはずがない。

仕方がないと腹をくくって口を開くと、フィデルが果実を放り込んだ。噛み潰せばジュワッと口内に果汁が広がる。たしかに芳醇《ほうじゅん》で甘い味がするが、羞恥《しゅうち》で味わうどころの話ではない。

どうにか果実を呑み込むと、またしても次が口元へと運ばれる。

公園でこのようにベタベタしていれば目立つのは当然で、先ほどから通行人がこちらを見てくるのが、なんともいたたまれなかった。

(私はアナ。カナリーじゃなくてアナ。今は別人!)

心の中で言い聞かせてどうにか平常心を保っていると、フィデルの指先がカナリーの顎をすくい上げた。

「果汁がついている」

フィデルは顔を近づけると、カナリーの口端についた果汁をペロリと舐めた。

「ひゃっ!」

「甘いな。もう少し味わいたい」

果汁の味を確かめるように唇を舐めたあと、これだけでは足りないと口づけを落とす。

「んっ、ふぅ……んんっ」

公共の場でするには、深すぎる口づけだった。

唇を割って入り込んだフィデルの舌は、果汁で濡れた口内を味わおうと這いまわる。官能的なキスに身体が熱くなって、お腹の奥が彼を求めて熱く疼《うず》いた。

口づけは長く、ようやく唇が離れたときにはカナリーは息も絶え絶えになっていた。

「フィデル！　さす……様。いけません、こんなところで」

さすがにやりすぎだと怒鳴りかけて、カナリーはなんとか演技を思い出す。

取り繕《つくろ》いながらも視線で不満を訴えると、彼はカナリーを抱く腕を離した。

「そうだな。ここから先は場所を変えるとしよう」

「え？」

フィデルはベンチから立ち上がると、カナリーの手を引いて街を歩いた。

向かったのは王都の隅にある小さな宿だ。少し変わった形式の宿で、カウンターが板で仕切られていて中の人間が見えないようになっている。お金を払って鍵を受け取ると、鍵に書かれた番号の部屋へと連れていかれた。

室内に調度品はほとんどなく、中央に大きなサイズのベッドが置かれている。

「ええと、ここは？」

慣れない場所にカナリーは戸惑いながら尋ねた。

「連れ込み宿というものらしい。私も初めて入るが、恋仲の男女が使う宿だそうだ」

フィデルの言葉を理解して、カナリーは顔を赤くした。

つまり、男女が睦《むつ》み合う目的で作られた休憩宿ということか。

「君とこの宿に入れば、これ以上ない浮気の証拠になるだろう？」

「それはそうですけど……はぁ、もういいです」

建物の中に入ったことで、カナリーは気を抜いて口調を元に戻した。監視のない場所でまで、演技する必要はない。

けれどもフィデルはシッと言って、カナリーに黙るよう促《うなが》した。

どうしたのかと不思議に思っていると、少しして廊下が軋《きし》む音が耳に届いた。足音はこの部屋の前で止まったあと、再び動き出して隣の部屋へと入っていく。

（これってもしかして、尾行してきた人？）

視線でフィデルに問いかけると、彼は無言で首を縦に振った。

困った、隣の部屋に入られるなんて。これでは迂闊《うかつ》に演技をやめられない。

どうするべきかと思案していると、彼はカナリーの腕を引いて、監視が入ったであろう部屋側の壁へと近づいた。

「アナ、愛している」

壁越しでも聞こえるような音量で愛を告げて、フィデルは唇でカナリーの口を塞ぐ。

「ぅん……ふぁ……」

角度を変えて何度も口づけながら、彼はカナリーのワンピースを留めていた背中の紐を、するりと解《ほど》いてしまう。

(まさか、このまますするつもりなの?)

はだけて剥《む》き出しになった肩に口づけるフィデルを、カナリーは慌てて押しとどめる。

「んっ、フィデル様、待ってください。隣室に人が……あッ」

アナの演技をしながら、どうにかフィデルを止めようとするが、フィデルはそれに構わずカナリーの胸元をはだけさせ、零れた胸を掌《てのひら》で掴む。

「気にするな、聞かせてやればいい」

「そんな、あンっ、あッ……そこ、だめぇ……っ!」

先端をフィデルに食らいつかれて、カナリーはあられもない声を上げる。

古い宿だ。しかも、こんな壁際にいては確実に隣室にまで音が届く。

(目的のためとはいえ、こんな声を人に聞かれるのは……)

羞恥《しゅうち》から、カナリーはきつく唇を引き結ぶ。

フィデルはコリコリと舌先で乳頭を転がしながら、もう片側の胸を容赦なく掌《てのひら》で揉みしだく。

えも言われぬ快楽がせり上がり、カナリーはびくりと身体を震わせた。

「ふッ……ぅン……っん……あッ」

思わず零れそうになる快楽の声を、唇を噛んで必死に耐える。カナリーがぎりぎりで我慢しているというのに、フィデルは攻める動きを止めてくれない。

ざらついた舌で敏感な尖りを舐められて、カナリーはふうふうと荒い息を吐いた。

声を出してはいけないと耐えれば耐えるほど、身体は鋭敏に快楽を拾ってしまう。

無自覚に内ももを擦り合わせているのに気づいたフィデルが、胸から下腹部へと手を移動させた。

「もう、濡れているな」

湿り具合を確認するように割れ目に指を這わせたあと、フィデルはカナリーのワンピースと下着を床に落とした。

宿の壁際で立ったまま全裸にされて、あまりの羞恥《しゅうち》にカナリーは瞳を潤ませた。

「んぅ……あッ、フィデル……様、せめて、ベッドに……」

目の前には立派なベッドがあるのだ。せめてそちらに移動したいと主張するが、フィデルは壁際に身体を押しつけたまま動かない。

「駄目だ。もう少し、このまま」

「っ……あッ……んンぅッ！」

フィデルの指がぬかるんだ中心へと埋まる。

人差し指と中指。二本の指でカナリーの内側を深く抉《えぐ》ると、彼はそのままぐちゅぐちゅと水音を鳴らして動かし始める。

「ひぃぅ……ッん……っンんッ！」

カナリーはぎゅっと目をつぶって必死に声を殺すが、はしたない水音までは消すことができない。

静かな部屋に響くこの音は、きっと、壁を越えて隣にまで伝わっているだろう。

フィデルは壁の向こうの曲者《くせもの》に聞かせるために、あえて音を立てているのかもしれないが、その意図は理解しても素直に身を委《ゆだ》ねられなかった。

どうにか快楽に抗うものの、すでにカナリーの身体を知り尽くしているフィデルには敵《かな》わない。

的確に弱いところを攻められて、すぐさま高みへと連れていかれる。

「ぃン……あッぅ……ダメっ、イッちゃう！」

これ以上もう耐えきれないとカナリーが身体を震わせた瞬間、フィデルが指を引き抜いた。

高まっていた熱が、達しきれずにお腹の奥で渦巻く。

やめてほしいと我慢していたのに、いざやめられてしまうと、もっと欲しかったと貪欲な身体が疼《うず》いてしまう。

熱を持て余していると、フィデルがカナリーの身体をくるりと反転させた。

「そのまま、壁に手をついて」

背後に立ったフィデルが耳元で命令する。カナリーが素直に従うと、腰を掴まれて硬いものがお尻へと宛てがわれた。

驚く間もなく、熱棒はすぐさまカナリーの内側へと入り込んでくる。

「……ひッ、あァ……ンあァ……ぅん！」

立ったまま背後から貫《つらぬ》かれて、カナリーは慌てて手に力をこめて身体を支えた。

フィデルがそのまま揺さぶると、自然と腰が曲がり、カナリーはお尻を突き出すような体勢になっていく。

「んッ、ふぅ……こんな体勢で……あッ！」

せり上がってくる快楽に、カナリーの口から甘い声が漏れる。

激しい動きに、古い床板がギシギシと軋《きし》む。突き上げられるたびに腰が震えて、足から力が抜けていく。

「ひぃン……あッ、はぁ……んンっあああッ！」

ひときわ深く奥を抉《えぐ》られて、大きな声を上げた。

瞬間、目の前にある壁に気づいて、カナリーはしまったと青ざめる。

さっきの声は、絶対に隣室まで届いただろう。

「ンんッ……ふぅ、ン……ンんんッ！」

どうにか声を抑えようと、カナリーは片手で口を塞いだ。

けれど、残ったもう片方の手だけでは上手く身体を支えきれず、このままでは床に崩れ落ちてしまいそうだ。

どうしていいか分からなくなったカナリーは、助けを求めてフィデルを振り返った。

「安心しろ。隣の部屋には、もうとっくに誰もいない」

「え？」

「聞いていられなくなったのだろうな。私達が何をしているか察したあとは、すぐに部屋を出たよ。遠のく足音が聞こえたが、気づかなかったみたいだな」

良かった。それならば、行為の声はあまり聞かれていなかったのだろう。

フィデルの言葉に安心すると同時に、カナリーは憤慨した。

「フィデルのバカッ！　もっと早く教えてください！」

カナリーはフィデルを睨みつけようとしたが、深く刺さった熱杭が邪魔をして上手く動くことができない。

「すまない。だが、これで気にせず声を出せるだろう？」

「ひンんッ、ああっ……ひゃン！」

憂いは消えたのだからもう遠慮はしないとばかりに、フィデルは激しくカナリーを突き上げ始めた。しっかりと腰を掴まれて、熱棒を最奥に何度も打ちつけられる。

もう我慢しなくてもいいのだという安堵から、カナリーは身体を揺らされるままに声を上げた。

「ひぃン、あンっ、ああッ……フィデル、あんッ」

「はっ、はぁ……カナリー、愛してる」

夢中で腰を突き入れながら、フィデルが愛を囁《ささや》く。

アナではなくカナリーと呼ばれたことに嬉しくなって、身体が自然と熱杭を締めつけた。

偽名で呼ばれるのも嫌ではないが、こうして、フィデルに名前を呼んでもらえるのは好きだ。

今カナリーを攻めたてているのは、偽りのないフィデルである。誰かに聞かせる目的ではなく、ただ純粋に、カナリーを欲しいと思ってくれている。

そのことが嬉しくて、もっと抱いてほしいとばかりにトロトロと愛液が膣口からは流れ出た。

「ぅん、ァあッ……フィデル、も……きちゃう……！」

深い絶頂の予感に、カナリーは身体を震わせた。

快楽の高まりに合わせるように、フィデルの動きも速まっていく。

彼が吐き出す荒い吐息が、肌を打ち合わせる音に混じる。こめかみを伝う汗が、ぽたりと床へ落ちた。

「はぁ、はぁ、はぁ、カナリー、カナリー……！」

繰り返し名を呼びながら、フィデルはひときわ大きく最奥を抉《えぐ》った。

瞬間、快楽の塊が弾けてカナリーは大きな波に呑み込まれる。きゅうきゅうと媚肉を締めて、フィデルから精を搾り取った。

快楽の波が過ぎ去ると、身体が弛緩《しかん》して、いよいよカナリーは立っていられなくなった。

熱杭が抜かれると同時に、床に崩れ落ちそうになったところを、フィデルの腕に受け止められる。

「よく頑張ったな」

彼は軽くキスをして、カナリーを労《ねぎら》う。

「……もう、足に力が入りません」

「立ったままはさすがに辛かったか。なら、続きはベッドでしよう」

「えっ⁉」

フィデルに抱きかかえられながらベッドに移動されて、カナリーは慌てた。

「まだするつもりですか？」

「私は浮気相手を溺愛している設定だからな。たっぷりと時間をかけてから宿を出た方が、説得力が増すだろう?」

「それなら、部屋で時間を潰すだけでいいじゃないですか!」

共に宿に入って、あられもない声まで聞かれたのだから、もう十分だろう。尾行していた男は、フィデルがアナと浮気していると確信したはずだ。

カナリーがそう訴えると、フィデルは神妙な表情で首を左右に振る。

「すまない、それはただの口実だ。必死に快楽と声を我慢している君があまりに可愛くて、一度では収まりそうにないんだ」

その言葉を証明するように、達したばかりであるはずの彼の男根は、再び熱を持って硬く反り返っている。

「カナリー、まだ付き合ってくれるな?」

欲を孕《はら》んだ目で見つめられては、カナリーに拒否することなどできない。

疲れてはいるが、フィデルをまだ欲しているのはカナリーも同じだったのだから。

頷くと即座に唇が塞がれた。ぬるりと熱い舌を絡ませ合いながら、膣口に再び熱杭が当てられる。

「んっ……ふぅ、ンんんッ!」

キスをしながら挿入されて、カナリーは声にならない嬌声を上げた。

カナリーの身体を抱きしめながら、フィデルが再び奥深くまで入り込んでくる。

一度精を受けた膣内はぬかるんでいて、あっさりと彼を根元まで受け入れた。

「っ、はぁ、カナリー」

唇が外れて、フィデルが色気のある息を吐き出す。

宿の古びたベッドがギシリと大きく軋《きし》んだのを皮切りに、フィデルは激しく腰を動かし始めた。

彼の身体が動くたび、愛液と残った精液が混ざって、ぐちゅぐちゅと卑猥な音が鳴る。

「あっ、ひぃンっ、あッ、アあっ、あンっ！」

最奥を突かれる喜びのまま、カナリーは何度も声を上げる。散々我慢をした反動か、身体はいつもより敏感になっている気がした。

先ほどと違って、ベッドで横になっての行為なら、フィデルに集中できる。

手を伸ばして目の前の身体を抱きしめると、応えるようにフィデルに抱きしめ返された。

「フィデル……あッ、気持ちいい……お願い、もっと……」

逞《たくま》しい身体に縋《すが》りつきながら、カナリーは心のままに彼を求めた。人に聞かれていると思うところな台詞《せりふ》は言えないが、ふたりだけなら素直になれる。

カナリーの懇願に、彼はハッと息を吞んでから、ニヤリと口端を持ち上げた。

「可愛いことを言ってくれる」

フィデルの手がカナリーの太ももへと伸びる。足を掴まれ、ぐっと上へと持ち上げられた。

「ひゃあ！」

局部を剝《む》き出しにされ、上から押し込むようにして深く貫《つらぬ》かれる。

恥ずかしいと思って身をよじっても、身体を押さえ込まれて、身動きできない。

「……もっと、だったな。いくらでも受け取ってくれ」

「あっ、ひゃァ、ああッ、これ深い……ひゃアっ、ンっんん」

子宮の入り口をコンコンと叩かれるような深い刺激に、カナリーは喘ぐ。

強すぎる快楽を逃そうとしても、拘束されているので叶わない。

フィデルが与える熱を、カナリーはただ受け入れるしかできなかった。

「ひゃんッ、アっあ、これダメ、すぐイっちゃいそ……ああッ」

「くっ……そう締めるな。私も出してしまいそうになる」

深く腰を突き入れながら、フィデルは切なげにきゅっと眉根を寄せた。その仕草がとても素敵で、カナリーはますます彼を締めつけてしまう。

フィデルは絶頂に抗おうと動きを緩《ゆる》やかにしたが、カナリーはもどかしくなって彼に腕を伸ばした。

「あッ……フィデル、やめないで……」

「……分かった。……はぁ、くっ……君を前にすると、いつもすぐに終わってしまう」

フィデルは恨めしそうに呟《つぶや》いてから、抽挿を一気に激しくした。

奥深くで暴れる熱杭に乱され、再び絶頂に呑み込まれてしまう。

「あアっ、ンっ、ん〜〜〜っ！」

声にならない悲鳴を上げて、カナリーは身体を震わせた。

きゅうきゅうとうねる膣壁の動きに誘われるように、フィデルも二度目の精を最奥へと放つ。

絶頂の波が去ったあと、さすがにフィデルも疲れたのか、身体を投げ出すようにしてカナリーの隣に寝転がった。

心地よい疲労を感じながら、カナリーもフィデルの身体に寄り添う。

優しい体温に安心して、つい瞼《まぶた》を閉じてしまいそうになった。

「……どうしましょう、すごく眠いです」

「眠っても構わないぞ」

それは魅力的な提案だったが、カナリーは首を左右に振る。

「そうしたいですが、化粧をしているので」

アナになるために、カナリーの顔には様々な化粧が塗りたくられているのだ。

この方法を教えてくれたルルには、絶対に化粧を落とさず眠ってはいけないと注意されている。

「そうだったな。さすがにここで化粧を落とすわけにはいかないか」

そんなことをすれば、カナリーの顔に戻ってしまう。

パスカルの手の者は宿を出ていったが、外でカナリー達が出てくるのを待っている可能性もあるのだ。

せっかく浮気をしていると見せかけているのに、台無しにしてしまう危険は冒せない。

カナリーは眠気を払おうと、むくりとベッドから起き上がった。

「こんな美人に化けることなんて、そうそうありませんから。今のうちにこの顔を堪能しておいてください」

「そうか？　たしかに美しいとは思うが、私はいつものカナリーの方が好きだ」

「いつものって、取り立てて褒めるところもない地味顔がいいんですか？」

「そうでもない。華やかさは少ないが、バランスは整っているし、見ていて癒される」

「変わった趣味だと思いますけど……でも、ありがとうございます」

恥ずかしさから、カナリーはフィデルの言葉を茶化した。

自分で言うのもなんだが、今のカナリーは化粧によってかなりの美人に仕上がっている。それよりも普段がいいと言われるのは、なんともこそばゆい。

「私としては、アナよりも普段の君と共にいたいんだがな。あと数日の辛抱か」

フィデルは誰もいなくなった隣の部屋を睨む。

今日一日アナとしてフィデルといちゃついたわけだが、はたして、これで本当に計画通りにことが運ぶだろうか。


それから数日。カナリーはアナに扮装《ふんそう》した状態で王都のアパートで寝泊まりして、下女としてフィデルの屋敷へ通っている。

屋敷に着くと化粧を落とし、今度はカナリーとして振る舞う二重生活だ。

パスカルの手の者も、さすがに屋敷の中までは入ってこられない。

帰宅するまでアナの姿が見えなくても、屋敷の中で仕事をしているのだと勝手に判断してくれるだろう。

そんな中、フィデルのもとへ王宮から手紙が届いた。

「カナリー、転移魔術の質問会の日取りが決まったぞ」

陛下から指定されたのは、生誕祭の前日の昼だ。

その日の夜には、前夜祭ということで大きな夜会が開かれる。日中に事の真偽を確認して、夜会で転移魔術を周知したいと陛下は考えているらしい。

質問会には陛下を始め、宰相や侯爵など、国政の中枢に関わる貴族達が勢ぞろいするようだ。

「転移魔術が使えるようになれば、国内の物流も大きく変わる。注目されて当然だな」

「そんな中で、虚偽の報告をしたと判断されれば、大変なことになりそうですね」

質問会の内容によって、フィデルとパスカル、どちらの言い分が正しいか判断される。

負けた方が厳しい立場に立たされるのは間違いない。

「ああ。だからこそ、パスカルは君をどうにかしようと必死になるだろう」

質問会に参加できないようにするか、もしくは味方に引き入れるか。

パスカルは高確率でカナリーを味方につけようと動くと、フィデルは予想している。

カナリーは今日、パスカルを誘い出すため、ひとり王都の素材屋に足を運ぶ予定だ。

彼が接触してくるなら、そこを狙うに違いない。


昼食を終えてから、カナリーはルルを連れて予定通り素材屋へと向かった。

表向きはルルとふたりでの行動だが、襲われる可能性もあるため、こっそりと何名もの護衛がついている。

王都の素材屋は、先日フィデルと訪れた宝石店の近くにあった。

各都市との物流が盛んなだけあって、少し割高ではあるが品揃えは見事だった。棚にずらりと並んだ素材を見て、カナリーは目を輝かせる。

カナリーはできるだけ時間をかけて、ゆっくりと購入する品を選んだ。そうして買い物を終えても、パスカルからの接触はない。

もしかしてこのまま何も起きないのだろうか。

拍子抜けしたカナリーが屋敷へ戻ろうとしたとき、カランとドアベルが鳴った。人目を避けるように店の中に入ってきたのは、黒いフードを目深《まぶか》に被った男だ。

怪しい風体の人物にカナリーは警戒を強めるが、フードの下の顔を見て目を丸くする。そこにいたのは、以前屋敷で会ったパスカル・トラックル当人だったのだ。

(まさか、使いじゃなくて、当人がやってくるなんて)

驚くカナリーを前に、パスカルは正体を明かすようにフードを脱いだ。

「お久しぶりです、ヴァランティス夫人」

「お久しぶりです、トラックル伯爵。まさか、このような場所でお会いすると思いませんでした」

カナリーは驚きを滲《にじ》ませながら、スカートを摘まんで礼をする。

「トラックル伯爵も魔術にご興味が？　転移魔術を開発されたのだとお聞きしましたが」

カナリーは刺々しい口調で非難して、パスカルを睨んでみせた。

パスカルと話をする予定ではあったが、最初から友好的な態度は取らないと決めていた。研究を盗まれたカナリーは、パスカルを敵視するのが自然だからだ。

カナリーの敵意を受けても、パスカルは平然とした様子で笑顔を作っている。

「ヴァランティス夫人、そう睨まないでください。僕はあなたに耳寄りな情報を持ってきたのですから」

パスカルは手振りを交えながら、もったいぶった口調でそう告げる。

「耳寄りな情報？」

「そうですよ。可哀想なヴァランティス夫人。あなたはフィデルを救うために結婚したというのに、彼に裏切られているのです」

パスカルはカナリーに憐れむような視線を向けて、猫なで声を出す。

「裏切られているとは、どういうことでしょうか」

「近くのカフェに席を用意しております。人通りの多いオープンテラスです。詳細はそちらでお話ししましょう」

パスカルの提案に、カナリーは意見を求めるようにルルを振り返った。

もちろん、ここはパスカルの誘いに乗るべきだ。けれど、警戒している素振りは必要だと考えてのことだった。

カナリーの意図が伝わっているのだろう、ルルは真剣な顔をして頷く。

「差し出口ながら、奥様。お話をお伺《うかが》いしても良いのではないかと思います」

「彼女は？」

「私の世話をしてくれている侍女です。彼女も同行させて構いませんか？」

カナリーの提案に、パスカルは嫌そうに顔を顰《しか》めた。

「内密にしたい話ですので、できれば人払いを」

「殿方とふたりきりになるというのは、外聞がよろしくないと思いますが」

「そのためのオープンテラスです。心配なさるようなことはありませんよ」

そう言われてしまえば、ルルの同行を押し切ることはできない。本当は一緒に来てほしかったが、仕方がない。

オープンテラスのカフェであれば、ルルや護衛達に遠くから見守ってもらえるだろう。

カナリーはパスカルの提案に頷いて、連れ立って店を出た。


パスカルが指定したカフェは、素材屋の数メートル先にあった。

通りに並んだテラス席が開放的なカフェで、パスカルがカナリーに危害を加える気がないことを示そうとしているのが分かる。

この場所ならば、もし何か起きても隠れている護衛が対処できるだろう。カフェの外で待機しているルルも、パスカルが不審な動きをすれば駆けつけてくれるはずだ。

襲われたときのことを考えながら、カナリーはすぐに通りに逃げ出せる席を指定した。

カナリー達が席につくと、愛らしい茶色のエプロンをつけた店員が紅茶を運んでくる。香りの良い茶は美味《おい》しそうだったが、カナリーはその味を楽しむ気にはなれなかった。

「それで、私がフィデルに裏切られているというのはどういうことでしょうか」

パスカルと長い時間一緒にいたくなくて、単刀直入に話を切り出す。

彼も余計な話をするつもりはなかったようで、さっそく本題に入ってくれた。

「フィデル……あなたの夫の浮気についてです」

狙った通り、パスカルはフィデルの浮気のことをカナリーに告げる。

計画が上手くいった喜びが表に出ないよう、カナリーは必死で怪訝《けげん》な顔を作った。

「フィデルが浮気？」

「はい。それも、今の屋敷の使用人と。アナという名の使用人はご存知ですか？」

どうやらパスカルは、カナリーがその当人であるとは欠片《かけら》も気づいていないようだ。

きちんと偽装できていたことに、カナリーは内心でほっと息を吐く。

「アナのことは知っています。よく気がつく娘で使えると、フィデルが重用していましたが」

「残念ながら、ふたりの関係は主人と使用人という一線を越えているんです」

「そんな、でたらめを言わないでください」

カナリーは動揺したフリをして、パスカルに怒りを露《あら》わにする。

「アナと呼ばれる女性とフィデルが密会している現場を、僕の部下が目撃しています。四日前、彼女が休みの日に、フィデルは屋敷を空けていましたよね？」

「そうですけど……それは、城に用事があったからと」

「フィデルは城になど行っていませんよ。人目を忍んで、使用人と密会していたんです」

「それは、本当ですか？」

カナリーはショックを受けた風を装《よそお》って、手で口元を覆う。

「こんな嘘など言いません。夫人は気づきませんでしたか？　ふたりの関係を怪しいと思ったことは？」

問いかけられて、カナリーは心当たりを探すように視線を宙に彷徨《さまよ》わせた。

「そういえば、フィデルはよく執務室に彼女を呼び出していました。雑用を手伝ってもらっていると言って、長時間部屋にこもることも……」

カナリーがアナなのだから、この言葉は嘘ではない。

王都に来てから、カナリーはよくフィデルの執務室に行っている。転移魔術の質問会の打ち合わせや、妨害対策の話し合いで長時間執務室にこもることもあった。

カナリーの言葉を聞いて、パスカルは気の毒そうに眉を下げた。

「夫人、あなたはフィデルに騙されているのですよ。部下の話では、フィデルと彼女はかなり親しい様子だったそうです。ふたりは人目も憚《はばか》らず公衆の面前で睦《むつ》み合い、宿に移動して、それはもう激しく愛を交わしていたのだとか。なんという破廉恥な！」

「それ以上言わないでください！」

己《おのれ》の行動を破廉恥と罵《ののし》られて、カナリーは思わず本音で叫んだ。

狙い通りとはいえ、あの日の行動をずっと見られていたのだと思うと、恥ずかしくてたまらない。

「ああ、失礼。夫人に聞かせるには酷な話でしたね」

顔を覆って俯《うつむ》いてしまったカナリーを、夫の浮気にショックを受けたのだと勘違いしてくれたらしい。パスカルは気の毒そうな声を出した。

「けれど、これで分かっていただけたでしょう。フィデルはあなたを愛していない。あなたを軽んじたフィデルを、憎いとは思いませんか？」

「それは……その話が本当なら、とても悔しいし、憎いです」

破廉恥と言われた動揺を抑えて、カナリーは震える声で言った。

カナリーから望んだ言葉を引き出せて、パスカルの口元がにやりと歪む。

「では、フィデルにひと泡吹かせてやりませんか？　僕と一緒に、彼に復讐しましょう」

「何をするつもりですか？」

カナリーが尋ねると、パスカルはここが正念場だとばかりに背筋を伸ばした。

「あなたは転移魔術の研究をされていますよね？　そして、素晴らしい研究を完成させた」

「私が転移魔術を完成させたと認めるんですか？　トラックル伯爵も、転移魔術を開発したらしいとお聞きしていますが」

カナリーは棘《とげ》のある声でパスカルを非難する。

けれども、パスカルは少しも悪びれた様子もなく口を開いた。

「ええ。幸運にも領内で捕らえた賊が転移魔術の資料を持っていましてね。それを参考に魔術の開発を行ったのです」

「盗んだわけではなく、資料を入手したのは偶然だと？」

「盗むだなんてとんでもない、幸運に恵まれてのことですよ」

パスカルはあくまで偶然資料を手に入れたのだと言い張るつもりらしい。

「奇遇ですね。私も数日前に転移魔術の資料を賊に盗まれてしまったのですが」

「なんと！　そのようなことがあったのですか。それはお気の毒でしたね」

「トラックル伯爵が入手した資料には、私の名前が記載されていませんでしたか？」

「残念ながら、資料はところどころ破けておりまして、お名前のようなものはなかったと思います」

盗んだわけではない、ペペトで開発された転移魔術と、ラーランドで開発した転移魔術はあくまで別物だと言いたいようだが、被害者として気分がいいものではない。

不快な感情が表に出てしまったのか、顔を顰《しか》めるカナリーを見て、パスカルは慌てて口を開いた。

「不幸な偶然とはいえ、ご不快になるのも当然でしょう。ですが、あなたにもラーランドの転移魔術こそが本物であると認めていただきたいのです」

「私が開発した魔術を、盗人《ぬすびと》に譲れと？」

「フィデルに譲るか、僕に譲るかの違いでしかないでしょう？」

パスカルはどうやら、フィデルが魔術の開発者としてカナリーの名前を公表する気でいるとは思っていないようだ。女性が開発者などありえないという固定観念から、フィデルがカナリーの研究を取り上げていると考えているのだろう。

「僕がフィデルを憎く思っていることは、もうご存知でしょう？　僕は彼が名誉を得て持てはやされるのが許せないんです」

パスカルはフィデルへの憎悪を打ち明けた。

「転移魔術は素晴らしい。この国を変える力がある。それを開発したとなれば、フィデルはきっと注目されるでしょう。あなたが努力した成果で、あなたを愛さない男が力を得るのです。そんなことが許されていいはずがない」

熱の入った声で、手振りをつけながらパスカルは力説した。

まるで舞台役者のようなわざとらしさだが、声には妙な説得力がある。

「僕達は手を取り合えると思うのですが、いかがでしょうか」

パスカルは最後に、にこりと親しげな笑顔を向けた。

カナリーは少しだけ悩んだ素振りを見せてから、意を決した様子で顔を上げた。

「転移魔術がラーランドで開発されたものだと、そう認められるように協力しろということですね」

「聡明な方ですね。理解が早くて助かります」

この提案に乗るのは、カナリー達の計画である。彼に味方をしたフリをして、フィデルへの妨害が成功したと思わせるのだ。

けれど、パスカルを油断させるためには怪しまれてはいけない。

ここですぐに頷けばパスカルも不審に思うだろう。カナリーは警戒した様子で口を開く。

「でも、そんなことになれば、フィデルは陛下を謀《たばか》ったと罰を受けますよね？　彼の妻である私も立場が悪くなってしまいます。浮気をしたフィデルが憎くても、私は今、彼の妻なんですから」

「安心してください。フィデルが罰を受け、落ちぶれてしまったあとは僕のところに来ればいい。あなたを迎え入れる準備はできています」

「迎え入れる準備？」

「あなたの研究は素晴らしい。今後は是非、ラーランドで魔術の開発を行ってください。フィデル以上の支援を約束しますよ」

ラーランドが転移魔術を開発したと嘯《うそぶ》く以上、技術者がいないのは困る。それであれば、本当の開発者であるカナリーごと取り込んでしまおうという魂胆らしい。

カナリーの研究を褒め称えるパスカルを、カナリーは冷めた目で見つめた。

前にペペトの屋敷に来たときはカナリーを散々馬鹿にしたくせに、ずいぶんと都合のいいことだ。

嫌味のひとつでも言ってやりたい気分だったが、カナリーはぐっとこらえて笑顔を作った。

「それは助かります。フィデルに嫁いだのは研究の支援を約束してくれたからなんです。より良い支援を得られるなら、是非ラーランドに行ってみたいわ」

「それはもちろん！　どこにも負けない、最高の環境を整えるとお約束しますよ」

カナリーが食いついてきたのが嬉しいのだろう、パスカルは明るい顔でカナリーに手を差し出した。

嫌悪が表に出ないよう注意しながら、カナリーも笑顔で彼の手を取る。

しっかりと握手を交わして、カナリーは早々にパスカルの手を離した。

「それで、具体的に私は何をすればいいのでしょうか？」

「僕が開発者と認められるよう、ご助力をお願いします。あの魔法陣は複雑すぎて、私の部下ではすべてを理解しきることができなかったのです。あなたにはいくつかの質問に答えていただきたい」

パスカルの陣営には、転移魔術の構造すべてを理解できる人材がいなかったようだ。

彼はすでに準備をしていたようで、転移魔術についてカナリーにいくつか質問をした。

それらに返答しながら、カナリーは服や荷物が転移できない問題についての質問が来ないことを怪訝《けげん》に思った。

「あの、実際に転移魔術を試してみましたか？」

「部下が試して、転移に成功したという報告が上がっています」

「……なるほど」

どうやら、パスカル本人は転移魔術を試していないらしい。

そして、彼の部下もパスカルに正確な報告をしていない可能性があった。

衣服や荷物が転移できないと知っていれば、パスカルは間違いなくその解決策をカナリーに聞いてきたはずだ。そうなれば、解決策はまだできていないと嘯《うそぶ》く予定だったのだが、その手間が省《はぶ》けた。

「転移魔術についての質問は、以上でしょうか？」

「ええ。ご協力ありがとうございます、夫人。それで、質問会の当日ですが――」

「分かっています。フィデルに協力しなければいいのですね？」

「はい。できれば質問会への参加も控えていただければ」

パスカルの提案に、カナリーは神妙な顔で頷いた。

「そうですね。では、今夜あたりにでも、私は体調を崩したことにいたします」

「あなたが聡明な人で良かった。ラーランドでお会いできる日を楽しみにしていますよ」

もちろん、そんな日が来るはずはないのだが、カナリーはパスカルが立ち去るまで穏やかな笑みを浮かべ続けた。


カナリーはカフェを出ると、ルルと合流して真っすぐに屋敷へ戻った。

屋敷の門を潜《くぐ》り、エントランスのドアが閉まったところで、ふたりはほっと息を吐く。

「奥様、お疲れ様でした」

「ルルもお疲れ様。ついてきてくれてありがとう」

カナリーはルルと労《ねぎら》い合う。

近くでルルが待機してくれていると思うだけで、心強かったのだ。

「トラックル伯爵との密談は上手くいきましたか？」

「多分ね。私が彼の側《がわ》に寝返ったと思わせることはできたんじゃないかな」

妨害が成功したと、これでパスカルが油断してくれればいいのだが。

カナリーがルルに答えていると、サーキュラー階段の上からフィデルが現れた。

「おかえり、カナリー」

彼は足早に階段を下りると、カナリーに怪我がないことを確認して、安堵の息を吐いた。

「無事に戻ってきてくれて良かった。その様子だと、上手くパスカルと接触できたようだな」

「フィデルの予想通りでした。素材屋で声をかけてきたトラックル伯爵に、協力するフリをしてきましたよ」

カナリーが褒めてくれと胸を張ると、フィデルはお疲れ様とカナリーの頭を撫でた。

パスカルと話した内容をフィデルに共有すると、彼はなるほどと頷く。

「カナリーに質問会に出席しないよう求めたのは思った通りだな。それと、パスカルが転移魔術の欠陥に気づいていないのは朗報だ」

「当日はどうするんですか？　私は屋敷で留守番でしょうか」

カナリーが城へ出向けば、パスカルを警戒させるだろう。

フィデルとは何度も打ち合わせをしているし、共に報告書を書き上げたので、カナリーがその場にいなくても、彼ひとりで十分対応できるはずだ。

「いや、カナリーも質問会には来てほしい。あの魔術は君が開発したものだ。開発者として名を記載しているし、君から説明するのが筋だろう」

「でも、私が行けばトラックル伯爵は警戒しますよね？」

味方につけたと思ったカナリーが、約束を破ってフィデルの隣にいるのだ。パスカルも騙されていたと気づくだろう。

直前で大きな妨害ができるとも思えないが、せっかくここまで手の込んだ準備をしたのだ。最後までリスクを避けるべきではないか。

「分かっている。だから、質問会が始まるまで君だとバレなければいい」

「フィデル、それってもしかして……」

嫌な予感がして、カナリーは正気かとフィデルを見つめ返す。

彼は悪戯《いたずら》を思いついた少年のような顔で、ニヤリと笑った。

「アナはこの屋敷の下女だからな。従者として連れていっても不自然ではないだろう？」


王城は、街を見下ろす丘の上に建てられていた。青い屋根と白い壁のコントラストが美しい、優美な建築だ。

石造りの立派な城門を潜《くぐ》り抜け、紋章付きの馬車を停める。

城の庭には色とりどりの花が植えられていて、訪れる者の心を癒してくれた。馬車を降りて綺麗に整えられた生け垣の間を抜けると、エントランスが見えてくる。

アナに扮《ふん》したカナリーは、緊張した面持《おもも》ちでフィデルの半歩後ろを歩いた。

「緊張しているのか？」

「当然ですよ」

カナリーは陛下に拝謁したことがないし、登城するのも初めてだ。

粗相をしてはいけないと、自然と身体が硬くなる。

「今の君はただの私の従者だ。大人しくしていれば、目立つことはないだろう」

「でも、後々目立つんですよね」

カナリーがアナに扮《ふん》しているのは、質問会が始まるまでだ。

質問会が始まれば、正体を明かして転移魔術について説明することになる。最初からフィデルの妻として出向くよりも、よほど目立ってしまうだろう。

「こんなことをして、陛下に無礼だと叱られませんか？」

「陛下は狭量な方ではない。事情を話せば理解してくださるだろう」

ふたりでこそこそと会話をしながら、控えの間へと通される。

質問会が始まるのは一刻ほどあとだ。カナリーが緊張していると、控えの間の扉が開いて従者を連れたパスカルがやってきた。

彼はフィデルを見つけると、楽しそうに口元を歪める。

「やあ、フィデル。今日は転移魔術の質問会のはずだけど、何をしに来たんだい？」

「愚問だな。その魔術の説明をしに来たに決まっている」

「残念だけど、君にその機会は回ってこないよ。転移魔術を開発したのは僕だからね」

パスカルの言葉は自信に満ち溢れている。

不完全な魔術でどうしてそこまで自信を持てるのか、カナリーは不思議だった。彼はまだ、転移魔術の欠点を知らないのだろうか。

陛下の前で説明するのだから、さすがに一度は自分で試していると思いたいが。

「ラーランドの魔術師ではなく、君が開発したとでも言うつもりか？　君にそこまで魔術の知識があるとは知らなかったな」

「僕は君と違って優秀なんだよ」

パスカルはフンッと鼻を鳴らして、フィデルを睨む。

そのときになって彼はようやく、フィデルの後ろにいたカナリーに気づいたらしい。カナリーの顔を見て、彼は驚いたように目を丸くした。

正体がバレてしまったのかと、カナリーはひやりとした。

「見慣れない子を連れているね。その子は誰だい？」

「見ての通り私の従者だ。王都で雇ったから、君は知らないだろうが」

フィデルに促《うなが》されて、カナリーは一歩前に出る。

「アナと申します」

カナリーが会釈《えしゃく》をすると、パスカルはハッと息を呑んで、悔しそうに顔を歪めた。

「アナ……そう、君が。こんな美しい子が、なんでフィデルなんかに」

「アナがどうかしたか？」

「なんでもないよ」

パスカルの反応で、カナリーは正体がバレたわけではないらしいと安堵した。

目の色を変えているとはいえ、こんな至近距離で挨拶《あいさつ》をしても気づかれないとは。ルルの化粧技術は素晴らしい。

「しかし、フィデル。君もずいぶん自由にやっているそうじゃないか」

「何の話だ？」

「とぼけるなよ。まあ、あんな地味な妻じゃあ、他に目がいくのも仕方ないだろうけど。城にまで連れてくるなんてずいぶんな寵愛ぶりだな」

パスカルがカナリーを見る目は、纏《まと》わりつくように粘っこい。

嫌な感じの視線に、カナリーはぶるりと身体を震わせた。

「妙な勘ぐりはやめてくれ。彼女は今日の質問会のために来てもらっているんだ」

「質問会のためにね。君の妻はどうしたんだい？　彼女こそ、今日ここに連れてくるべきだったろうに。喧嘩《けんか》でもしたのかな？」

自分で来ないように仕向けておいて、よく言えたものだとカナリーは呆れる。

それにしても、当の本人が目の前にいるというのに、まったく気づかないのはなんだか間抜けに見える。

「君に妻のことをあれこれ言われる筋合いはない」

「そうかい。それは失礼した」

パスカルが口先だけで謝罪を告げたあと、ゆっくりと控えの間の扉が開く。

どうやら、質問会の準備ができたらしい。

案内に従って、カナリー達は部屋を移動した。

カナリー達が連れてこられたのは、小さなホールだった。弧を描くように客席が作られていて、その中央には壇上がある。あそこで魔術の説明を行えということか。

客席の中央にはひときわ立派な椅子が置かれていて、そこに座っている豪奢《ごうしゃ》な衣装を着た壮年の男性が国王陛下なのだろう。陛下を囲むようにして、これまた身分が高そうな人々がずらりと揃っている。

重々しい空気に、カナリーは自然と気圧《けお》された。

「皆様、本日はお集まりいただきありがとうございます」

口火を切ったのは中年の男性だった。フィデルが小声で宰相だと教えてくれる。どうやら彼が進行役らしい。

「今日この場を設《もう》けたのは、我が国で転移魔術の開発に成功したとの報告を受けたからです。これが事実であれば、大変喜ばしい出来事となるでしょう」

もったいぶって告げられた言葉で、おおっと小さなどよめきが走った。

「しかしながら、その報告書は二枚届きました。一枚は、ヴァランティス伯爵の署名でペペトから。もう一枚はトラックル伯爵の署名でラーランドから。どちらも転移魔術についての内容で、とても似通っていました。同じ魔術の成功が、隣り合う二つの領地で同時に発生したとは考えにくい。ゆえに、どちらかは栄誉を得ようと研究を盗み、陛下に虚偽の報告を行ったのではないかと考えております」

なんと不遜《ふそん》な！　と、誰かが小さく声を上げた。

騒めく人々を、宰相は軽く手を上げて制する。それだけで、再び沈黙が下りた。

「その真偽を確かめるべく、本日は皆様に集まっていただきました。開発した魔術について彼らの説明を聞き、我々でどちらが正しい開発者であるかを見極めたいと思います」

この会の趣旨を説明されて、全員の視線が部屋の隅に控えるフィデルとパスカルに向けられる。

「そんなもの、説明を聞くまでもない。トラックル伯爵が開発したのだろうよ」

口を開いたのは白髪交じりの赤毛の男性だ。

彼は侮蔑の混じった目でフィデルを見つめている。

「ペペトのような田舎《いなか》に、転移魔術を開発できる技術があると思えない」

「ラインツ侯爵。ご意見はふたりの説明を聞いたあとでいただきましょう」

宰相がラインツ侯爵と呼ばれた男性の発言を制した。

彼はそれ以上何も言わなかったが、集まった人達は疑いの目をフィデルへ向けている。

フィデルに厳しい空気を感じて、カナリーはひやりとした。

実際に開発したのはカナリーなのだから、フィデルが有利になるよう事が運ぶと思っていたのだ。

けれども、政治というのはそう簡単ではないらしい。前にフィデルが言っていた通り、パスカルの味方をする貴族は多いのだろう。

もしかすると、自分の味方をするようにパスカルが事前に根回しを行っていたのかもしれない。

黒を白と認めさせる自信があるからこそ、パスカルはこんな暴挙に出たのだ。

「それではトラックル伯爵、ヴァランティス伯爵。どちらから発言しますか？」

「恐れながら、まずは僕から説明いたしましょう」

先に名乗り出たのは、パスカルだった。

「ヴァランティス伯爵、それで構いませんか？」

「もちろんです」

宰相に向かって頷き、フィデルは一歩後ろに下がった。

同じ内容を発表するのであれば、先に言った人間の方が有利になる。あとから発言すれば、先に言った人間の真似をしたとみなされかねないからだ。

きっとそれが分かっているのだろう、パスカルは勝ち誇った笑みを浮かべた。

「皆様には、僕が開発した素晴らしい魔術について知っていただきたいと思います」

パスカルはそう切り出すと、転移の仕組みや魔法陣の構造について声高らかに語り出した。

聞きかじった知識をこれだけ堂々と発言できるのは、ある種の才能かもしれない。何も知らなければ、パスカルこそが転移魔術を開発したのだと誤解しそうだ。

堂々とした演説を終えると、聴衆から拍手が沸き上がった。

パスカルは勝ったと確信を得たようで、優雅に一礼して、フィデルを見下した目で見つめた。

「素晴らしい説明をありがとうございます、トラックル伯爵。転移魔術の有益性について、十分理解できました」

宰相も満足そうに頷いてから、今度はフィデルに水を向ける。

「それでは、ヴァランティス伯爵。次はあなたに説明していただきたい」

パスカルと入れ替わるように、フィデルが中央へと歩いていく。厳しい視線を向けられながらも、フィデルは背をぴんと伸ばして堂々としていた。

会場の空気はパスカルに有利だ。カナリーは、このままで大丈夫だろうかとハラハラする。

部屋の中心に立つと、フィデルはゆっくりと口を開いた。

「転移魔術の基本的な原理は、先ほどトラックル伯爵が述べたことと同じです。先日、研究結果をまとめた資料がラーランド領内にて盗まれましたので、おそらく彼はその資料に書かれた研究内容を発表したのでしょう」

「……なるほど。では、ヴァランティス伯爵から改めて言うことはないと？」

冷ややかな宰相の目がフィデルへと注がれる。

けれども、彼は臆することなく、ゆっくりと首を左右に振った。

「とんでもございません。基本的な研究内容は同じですが、幸いにして盗まれたのは最新の研究結果ではありませんでした。私達はさらに研究を重ね、より少ない魔力で効率的に使用できるよう魔術を改良しております」

そう言ってフィデルは羊皮紙《ようひし》を広げ、あらかじめ用意していた魔法陣を見せた。

「トラックル伯爵が提示した魔法陣では、魔力効率の部分に無駄がありました。こちらの魔法陣では二重構造にすることで、より少ない魔力での転移を可能にしております」

フィデルの言葉は聴衆の関心を引くのに十分だったのだろう。ほうっという声が周囲から漏れる。

この場には公平な目で判断できる人間もいるらしい。

「さらに、転移先の指定についても改良を行っております。旧式の魔法陣では転移先にズレがございました。転移という繊細な魔術で転移先がズレてしまうと、壁の中や地中に転移してしまうという致命的な事故が起こりかねません。そのような危険を排除するため、こちらの魔法陣では正確に転移先を指定できるようになっております」

「騙されてはなりません！」

フィデルの言葉を遮《さえぎ》ったのはパスカルだった。

「こやつめは盗んだ魔法陣にでたらめな変更を加えて、効果をでっちあげているのです！」

「ふぅむ……」

パスカルの叫びを聞いて、陛下は難しい顔で唸《うな》った。

「残念ながら余では魔法陣を見ただけで、どちらが真実を告げているのか判断できぬな。ヘンリクはどう見る？　そなたなら魔法陣を正しく理解できるであろう」

陛下に話を振られたのは、長い銀髪を後ろにまとめた男だ。

ヘンリクは国家魔術師らしく、胸に国家魔術師だけに許された銀色の記章をつけている。

フィデルと同年代くらいのまだ年若い男で、人が好《よ》さそうな柔和な顔つきをしていた。

「ぱっと見たところ、でたらめな術式を加えているようには見えません。二重構造の魔法陣とは素晴らしい。よく考えられた美しい魔法陣だと思います。許されるなら、時間をかけてじっくり検分してみたい」

ヘンリクは転移の魔法陣に並々ならぬ関心があるらしい。食い入るように眺めては、しきりに唸《うな》っている。国家魔術師なだけあって、彼もきっと魔術が大好きなのだろう。

話が合いそうだ。カナリーは魔術について語り合ってみたいという欲求に駆られた。

「では、ヴァランティス伯爵の話は真実と？」

「いいえ、陛下。魔術というのは実際に起動してみないと、どのような欠陥があるか分かりません。完成しているように見えていても、実際に試してみると上手くいかないことはよくあるのです。ここは、確認のためにも、それぞれの魔術を使用していただくのが良いかと」

「一理あるな。それに、余も実際に転移魔術とやらを見てみたい。トラックル伯爵、ヴァランティス伯爵、構わぬか？」

「はっ！」

「もちろんでございます」

陛下の命令にふたりは頭を下げる。

すぐに準備に入ったパスカルと違って、フィデルは香を焚《た》かなくてはいけないので時間がかかる。

香炉を取り出したフィデルを見て、陛下は首をかしげた。

「ヴァランティス伯爵は何をしている？」

「転移魔術を万全に使用するには、魔法陣だけでは不足しているのです」

「なに？」

フィデルの言葉に、パスカルは眉を顰《ひそ》める。

先ほど、自分が盗んだ魔法陣が研究途中のものだと指摘されたばかりである。知らない欠陥があるのではないかと、不安に思っているようだ。

「不足とはどういうことだ。転移は問題なく行えるはずだ」

「なら、君が先に転移してみせればいい。私は準備に時間がかかる」

パスカルに視線が集まる。あれだけ堂々と魔術について自慢していたのだ。今さら転移できませんとは言えないだろう。

パスカルの態度で、彼がまだ自分では転移魔術を試していないことが分かった。転移魔術を一度でも使っていれば、その致命的な欠陥について気づくはずだからだ。

偉そうに振る舞っているが、肝心なところは人任せとは。

余裕のあるフィデルを見て、パスカルは少し躊躇《ちゅうちょ》する素振りを見せたが、意を決したのだろう。

魔法陣が描かれた羊皮紙《ようひし》を床に置き、その上に乗る。

「それでは、皆様に転移魔術を見ていただきましょう！」

もったいぶってそう告げて、彼は魔法陣に魔力を流した。

次の瞬間、バサッと床に衣服が落ちる音が響く。

転移は成功した。部屋の中央から部屋の端へ、見事パスカルは転移している。

魔力を纏《まと》わない衣服を置き去りにして。

「どうです！　これで、転移は――」

自信に満ちたパスカルの声が途中で途切れた。自分が全裸で仁王立ちしていることに気づいたのだろう。

（あちゃぁ……）

カナリーは顔を赤くして、慌ててパスカルから目を逸らす。

全裸で硬直するパスカルに、周囲の視線が突き刺さった。

「っひぃいいい！　な、なんだこれは！」

全裸の身体を見下ろして、パスカルは悲鳴を上げた。

堂々と全裸で転移したパスカルに、会場の人々はどう反応すればいいか戸惑っているようだ。

そんな中、真っ先に動いたのはこの事態を予測していたフィデルだった。

「見苦しいものを晒《さら》すな、パスカル。陛下の御前だぞ」

そう言って彼は、身に着けていたマントをパスカルへと投げる。

彼は慌ててフィデルのマントで身体を隠すが、まだ何が起きたのか理解できていないようで、真っ赤な顔で口をぱくぱくさせている。

（まぁ、驚くよね。転移したら全裸だったなんて）

初めてフィデルの前へ転移したときのことを思い出して、カナリーは少しだけ彼に同情した。

カナリーはフィデルに見られただけだったが、ここには多くの人間がいる。それも、国王陛下を始めとする、国の中枢に関わる人達ばかりだ。

「ヴァランティス伯爵、どういうことかご説明いただけますか？　あなたはこの事態を予測していたようですが」

いち早く混乱から立ち直った宰相が、フィデルに説明を求めた。

「見ての通りです。転移魔術の欠点は、魔力を含まない物質を転移できないこと。人や動物など、魔力を含んだものは転移可能ですが、衣服や荷物といった魔力を含まないものは転移することができません。ご覧の通り、それらの物質は転移前の場所に置き去りになってしまいます」

床に残されたパスカルの服を指しながら、フィデルはこの魔術の欠陥を指摘する。

フィデルの説明を聞いて、パスカルはわなわなと怒りに震えた。

「馬鹿な！　そんな話は聞いていない！」

「君が怠慢にも、この魔術の検証を人任せにした結果だろう。君は普段から部下の失敗を執拗に責め立てていると耳にした。罰を恐れた者が、ありのままの結果を報告しなかったのではないか？」

検証を行った者は、上手く転移できなかったと言えば、パスカルに責められると思ったのだろう。無事に転移はできたと報告しているのだから、嘘は言っていない。ただ、不都合な部分を隠しただけで。

普段の行いの結果だと思えば、同情の余地はない。

フィデルはパスカルに冷たく吐き捨ててから、陛下へと向き直る。

「この通り、転移魔術の欠陥は一度でも魔術を使用すれば分かります。けれども、トラックル伯爵はそれを知らなかった。彼が転移魔術の開発者だということはありえません」

「ヴァランティス伯爵の言う通りであるな」

フィデルの言葉に陛下は頷き、マントで身体を隠したパスカルを睨む。

これほどの醜態を晒《さら》したあとでは、何を言っても信用を得ることはできないだろう。

パスカルはいよいよ追い詰められて、青い顔をしていた。

「お、お待ちください！　たしかに僕は転移魔術を自分が開発したと嘘をつきました。ですが、この魔術がラーランドのものであることは間違いございません！　ラーランドの魔術師に命じてこの魔術を研究していたのです」

「見苦しいぞ、パスカル」

悪あがきをするパスカルを、フィデルが窘《たしな》める。

「うるさい！　だいたい、嘘をついているのはフィデルも同じだろう。君に転移魔術を開発できるような知識などないはずだ！」

パスカルの叫びに、たしかにと同意するような視線がフィデルに向けられる。

フィデルは申し開きをするように陛下へと向き直った。

「もとより、私は開発者を名乗るつもりはございません。この魔術を開発したのは私ではなく、妻のカナリーです」

自分の名前が出てきて、カナリーはドキリとした。

「妻？　ヴァランティス伯爵夫人というと、バラチエ家のご令嬢か」

「魔術狂いという噂であったが、転移魔術を開発するほどの知識があったのか？」

囁《ささや》き合う人々の言葉を聞くに、カナリーの不名誉な噂のおかげで一定の信憑性《しんぴょうせい》を与えられたらしい。

「ヴァランティス伯爵から提出された報告書には、たしかにそう書かれていました」

宰相がフィデルの言葉を肯定したことで、またしても周囲が騒めく。

「では、本当に彼女が転移魔術の開発を？」

「ヴァランティス伯爵夫人は女性ですよ。女性がこのような研究を行うなんて」

「そもそも、開発者本人がこの場にいないというのはどういうことだ」

「ペペトで開発されたという転移魔術も欠陥品ではないのか？　魔力を含まないものを転移できないなら、ほとんど使い物にならないだろう」

口々に意見がのぼり、場が騒然とする。

やはり開発者が女性であることも悪く言われて、カナリーは苦い気持ちになった。

「静粛に！」

宰相の声が響いて、好き勝手に話していた人々が黙る。

場が静まったことを確認してから、彼はまずパスカルを見た。

「トラックル伯爵。ヴァランティス伯爵から提出された報告書には、開発者が別人であることが記《しる》されていましたが、あなたから受け取った報告書には開発者は自分自身であると書かれていました。けれどもあなたは先ほど、ラーランドの魔術師に命じてこの魔術を研究していたと言いましたね。つまり、虚偽の報告を行ったということで間違いございませんか？」

厳しい言葉で詰められて、パスカルは顔を青くした。

「ち、違います。私が命じて開発を行っていたのですから、私が開発者でいいだろうと……」

「つまり、陛下を欺《あざむ》く意図はなかったと？」

「もちろんでございます！　陛下を欺《あざむ》くなど、とんでもない」

パスカルが犬であれば、ぶんぶんと尻尾でも振っていただろう。

全力でパスカルは弁解するが、宰相の視線は厳しいままだ。

「その通り、陛下を欺《あざむ》こうとするのは大変罪深い行為です。それを十分ご理解いただいているようで、安心しました」

宰相の言葉の裏には、嘘が露見すればただではおかないという脅しが含まれている。

その意図はパスカルにも伝わったようで、彼は何も言えずに苦い顔で黙り込む。

「さて。トラックル伯爵のお話では、開発を行った人物は他にいるということですが、それはどなたですか？　私から直接、事情を聞き取らせていただきます」

「そ、それには及びません。何か疑問がございましたら、私から――」

「伯爵。己《おのれ》の部下から正しい報告を受けることもできないあなたの言葉は、信用に値しません」

明らかな侮蔑の言葉であったが、このような場で裸になるという醜態を晒《さら》したパスカルに、言い返すことなどできるはずがない。

「あなたの政務態度についても、これを機にしっかりと監査をさせていただきます。構いませんね？」

「くっ……はい、仰《おお》せのままに」

パスカルはぎりっと奥歯を噛んで、宰相に向かって頭を下げた。

「では、トラックル伯爵はご退室を。此度《こたび》の件については、後日改めて調査させていただきます。陛下の御前で、これ以上の無礼を行うことは許しません」

部屋を出るように命じられて、パスカルは悔しそうに拳《こぶし》を握りしめてフィデルを睨んだ。けれど、この場で何かできるはずもない。

脱げ落ちた衣服を抱えてパスカルが部屋を出ると、陛下が大きく息を吐き出した。

「此度《こたび》は災難であったな、ヴァランティス伯爵」

「めっそうもございません」

陛下がフィデルへ労《ねぎら》いの言葉をかけた。

つまり、パスカルが虚偽を述べ、フィデルが本当のことを言っているのだと認められたのだ。

最悪の事態にならなかったことに、カナリーはほっと息を吐く。

あとは、転移魔術の使用を正式に認めてもらうだけだ。

「だが、ヴァランティス伯爵にも、まだ聞きたいことが残っておる」

陛下が言葉を続けると、心得ているとばかりに宰相が一歩前に出た。

「まず、開発者について話し合いましょうか。転移魔術の開発は、誰もが成しえなかった素晴らしい功績です。開発者にはそれなりの勲功を与え、国家魔術師の資格も与えるべきだと考えていました。ですが、我が国では女性が国家魔術師になった前例はありません。ですので、私は夫であるあなたに、代わりの栄誉を与えることを検討したいと思っています」

宰相の言葉に、他の貴族達も同意するように頷いた。

やはり、女性では国家魔術師になれないのだ。現実を突きつけられて、カナリーの心は沈む。

仕方がない。もともと無理だと分かっていたことだ。国家魔術師にはなれなくとも、このままペトで研究ができるなら、それで十分ではないか。

けれどもフィデルは、真っ向から宰相を見据えて口を開いた。

「恐れながら、私は宰相閣下のお考えに同意いたしかねます」

宰相の提案を断ったフィデルに、再び場が騒めく。

「無礼であるぞ、ヴァランティス伯爵！」

「待て。余は彼の考えを聞きたい。そなたの考えを話してみよ」

即座に飛んできた野次を制して、陛下はフィデルに発言するよう促《うなが》した。

フィデルは陛下に向かって一礼すると、落ち着いた声で話し始める。

「私の妻は幼い頃より魔術を学び、研究を進めて参りました。ですが、彼女の周囲は魔術の研究をやめるよう注意し続けたといいます。理由は言わなくてもお察しいただけるでしょう。女性である彼女が魔術を研究するのは、あまりに一般的ではない」

カナリーの心に、研究をやめろと言われ続けた苦い思い出が過《よぎ》った。

どうして女性に生まれてしまったのかと嘆いたこともある。

「ですが、彼女が常識にとらわれて研究をやめていれば、転移魔術は生まれませんでした。もし、今後優れた魔術の才を持つ女性が現れても、周囲に反対されればその道を諦めてしまうかもしれません。それは、我が国の損失ではないでしょうか？」

フィデルは魔術を研究するのに、性差は関係ないのだと訴える。

女性であっても、才ある者はその才を磨くのが国益に繋《つな》がるのだと。

「我が妻カナリーは、女性でもこれだけの魔術を生み出すことができるのだと証明しました。彼女の才が認められることは、未来の女性魔術師の希望に繋《つな》がります。ゆえに私は、彼女が正しく評価されることを望んでおります」

フィデルの言葉を聞いて、カナリーの胸の奥が熱くなった。

それはずっと、カナリーが夢見ていた世界だ。

女性であっても、夢を諦めることをしなくていい。そんな未来が来ればどれだけ素敵か。

「女性魔術師を認めろ、か。……反発は起きるだろうな」

陛下はフィデルの言葉を吟味するように目を閉じた。

少しの沈黙のあと、彼は宰相に意見を求める。

「議会同様、魔術研究所も男性社会です。女性の国家魔術師が生まれれば混乱は免《まぬが》れないでしょう。ですが、ヴァランティス伯爵の言う通り、性別を理由に価値ある才能が埋もれてしまうのを、惜しく思う気持ちもあります」

女性魔術師の誕生に積極的ではなかった宰相も、フィデルの言葉で意見が揺れているようだ。

彼は、国家魔術師であるヘンリクを振り返った。

「研究所所長であるヘンリクはどう考えますか？」

「転移魔術の魔法陣は素晴らしいと思いました。当人がよければ、どうやって開発したのか直接話を聞いてみたいくらいです。男性であろうと女性であろうと関係ありません」

ヘンリクは魔術研究所の所長だったらしい。

魔術師の最高峰に転移魔術を褒められて、カナリーは誇らしい気持ちになる。

「そうですね。勲功を与えるにしても、まずは開発者本人と話をする必要があります。後日、夫人に話を伺《うかが》ってから考えるとしましょう」

「いいえ、宰相閣下。それには及びません。カナリー」

「はい」

フィデルに名前を呼ばれて、部屋の隅に佇《たたず》んでいたカナリーは緊張した面持《おもも》ちで前に出る。

誰もが従者に扮《ふん》した女が彼の妻だとは思わなかったのだろう、驚きを含んだ視線がカナリーへと向けられた。

「まさか、彼女が伯爵夫人ですか？　いったい、どうしてこのような格好を？」

「騙すようなことをして申し訳ございません。ここ数日、妻は何者かに狙われておりました。命の危険を感じたため、身を守るべく本日は従者に扮《ふん》して同行させました」

「陛下、それに宰相閣下。お目にかかれて光栄でございます。カナリー・ヴァランティスと申します。このような格好でご挨拶《あいさつ》するご無礼をお許しください」

カナリーは記憶の底にあった礼儀作法を思い出して、できるだけ丁寧に会釈《えしゃく》する。

「許そう。カナリー・ヴァランティスよ。此度《こたび》は転移魔術の開発、大儀であった」

「もったいないお言葉でございます」

功績を称える陛下の言葉に、カナリーは深々と頭を下げる。

「開発者当人がいるのであれば、今から話を伺《うかが》うことにいたしましょう。転移魔術には欠点があるとのことでしたが、魔力を含まないものを転移できないのであれば、用途が限定されます。それについて、あなたはどうお考えですか？」

宰相から直接質問され、カナリーは気を引き締めて背筋を伸ばした。

「その問題については、すでに解決策を用意しております。こちらをご覧ください」

カナリーは先ほどフィデルが準備していたガハールの香を指す。

「これはガハールという植物を原料に、特殊な調合を行った香でございます。ガハールには、魔力を含まない物質に微量の魔力を染み込ませる特性があります。少し手間はかかりますが、転移させたい物品にこの香を焚《た》きしめておけば、魔力を持たない品でも転移が可能となるのです」

「ガハールですか。聞き慣れない植物の名ですね」

「ペペトに自生する植物なので、他の地域ではあまり見ないかもしれません」

フィデルが補足すると、宰相は難しい顔をする。

「ペペトにしかない植物ですか。転移魔術での流通が主流になれば、ペペトの価値が上がりそうですね」

転移魔術を使うのにガハールが必要となれば、その産地であるペペトの政治的価値も上がる。

それも狙っているのかと、宰相が真意を探るようにフィデルを見る。

「ペペトで研究を行っておりましたから、身近な素材を使用しただけでございます。転移魔術はまだ生まれたばかり。研究が進めば、他の方法でも転移が可能になるかもしれません」

狙ってやったことではないと、フィデルが弁解する。

カナリーも、ガハールを使うことでペペトの価値を上げようなんて意図はなかった。

たまたまガハールが近くにあっただけで、他にも同じ効果を持つ素材があるなら、それを使えばいい。

「実用に耐えうるよう改良を重ねておりますが、まだまだ力不足なところもございます。魔術研究所にご協力いただければ、距離や魔力効率についても、もっと改善できるかもしれません」

カナリーだけの力では限界がある。魔術の知識が集まっている研究所の手が借りられれば、きっと転移魔術はより良いものになるだろう。

「そうですね。私も是非、研究に参加してみたいと思います」

ヘンリクの目がきらきらと輝いている。魔術を前にしたカナリーと同じような反応だ。やはり、研究所には魔術に傾倒した人間が集まっているのだろう。

その後、カナリーは実際に香を焚《た》いて、転移魔術を披露してみせた。

パスカルのときと違って、きちんと着衣のまま転移したカナリーを見て、感嘆の声が上がる。

「なるほど。この方法であれば、人だけでなく物体の移動も可能ですね」

宰相はギラギラとした目で魔法陣を見つめる。

どうやって運用するのか、どのくらいの利益が出るのか、頭の中で計算しているに違いない。

「では、転移魔術の運用を認めていただけますか？」

「もちろんです。ですが、悪用を避けるため、先に法を定める必要がありそうですね。実際に運用できるのはもう少しあとになるでしょう」

たしかに、誰でも簡単に転移魔術を使えるようになれば密輸も可能になってしまう。国でしっかりとルールを決めてからの方がいいだろう。

パスカルを退《しりぞ》けて、求めていた成果を得られたことで、カナリーはほっと胸を撫で下ろした。

「カナリー・ヴァランティスよ。そなたは、国家魔術師の栄誉を得ることを望むか？」

不意に、陛下がカナリーに問いかける。

「国家魔術師になれば、国の研究所に勤めることもできよう。最高の環境で魔術を追求できるようになる」

「魔術研究所で働けるのでしょうか？」

「我々は歓迎しますよ」

そう答えたのはヘンリクだ。

国家魔術師になって、魔術研究所で働くことは、カナリーの長年の夢だった。

研究所には多くの素材が揃っているし、もちろん魔術に関する書物も豊富だ。多くの魔術師に囲まれて、好きなだけ魔術を研究できる生活はきっと最高だろう。

「とても光栄に思います。私はずっと魔術研究所で働くことを夢見ていました。決して叶わないだろうと分かっていても、諦められない夢でした」

長い間ずっと、カナリーには魔術しかなかった。

国家魔術師になれないと分かっていても、どうしても諦めきれなくて、一縷《いちる》の望みをかけて転移魔術の研究を続けていた。

「ですが、今の私はフィデルの妻であることを誇りに思っています。魔術研究所で働く栄誉よりも、彼の近くで、ペペトのために尽くしたいのです」

「カナリー、いいのか？」

カナリーの返答を聞いて、フィデルが目を丸くした。

カナリーは彼に満ち足りた笑顔を向ける。

魔術の研究は好きだ。だけど、カナリーはもっと大事なものを見つけたのだ。

フィデルがカナリーのために、国家魔術師の栄誉を与えたいと考えてくれていたのも知っている。

彼の気持ちはとても嬉しいが、カナリーはもう国家魔術師になることに固執してはいない。

「私はすでに欲しいものを得ています。もし栄誉をくださるなら、どうぞペペトに目をかけてやってください」

ペペトは度々ラーランドに困らされてきたが、国に目を光らせてもらえれば、そういったことが減るかもしれない。

「そなたの気持ちは分かった。ヴァランティス伯爵は良い伴侶を得たようだな」

「かけがえのない、最高の妻でございます」

陛下の言葉を受けて、フィデルは誇らしげにカナリーを見つめた。

波乱の質問会を終えて、カナリー達は王都の屋敷へ戻った。

城を出るとすでに日は西へと傾いていた。今夜は前夜祭として、城で舞踏会が開かれる。急いで準備をしなければ間に合わない。

屋敷へと戻る馬車の中で、フィデルとカナリーは向かい合って労をねぎらっていた。

「上手く話がまとまりそうで、良かったですね」

質問会は大成功と言っていいだろう。

当初の目的だった転移魔術の使用許可も得られそうだし、パスカルもかなりの失態を犯した。ラーランド領に監査が入れば、彼も今後は好き勝手できなくなるはずだ。

大きな成果にカナリーは満足していたが、フィデルは浮かない顔をしている。

「フィデル、どうかしたんですか？」

「……君の夢を、私が奪ってしまったのではないかと思って」

どうやら彼は、カナリーが国家魔術師の資格を望まなかったことを憂いているらしい。

「カナリーは私と出会わなくても、転移魔術の研究を続けていただろう。時期は違ったかもしれないが、いずれは独力で魔術を完成させて、国から認められていたはずだ。私がいなければ、君は幼い頃から望んでいた通り、女性初の国家魔術師となって魔術塔に勤めることができた」

カナリーは魔術塔で働く自分を想像してみた。

ずっと望んでいた、好きな魔術の研究を仕事にして生きていける生活。いくらでも研究できる環境は、想像しただけで素晴らしい。

朝から晩まで研究室にこもって、魔術の実験を繰り返して——けれど、それだけだ。

カナリーはフィデルと出会って、人と関わる素晴らしさや、愛し合う喜びを知った。

幼い頃から憧れていて、ずっと煌《きら》びやかに見えていた夢だけれど、今はくすんで見える。

「馬鹿を言わないでください。私は自分で望んでここにいるんですよ」

魔術塔で働くよりも、フィデルの側にいたかった。

誰もが認める魔術師になるより、フィデルやルル、サントス達の近くで、ペペトのことを考えて生きていく方が魅力的だと思ったのだ。

「私にはずっと魔術以上に大事なものがなかったんです。だけど、フィデルに出会ってその考えは変わりました。こうしてあなたと一緒にいる時間は、私にとって魔術の研究をしている時間よりも大切なんです」

魔術以外のものをずっとおざなりにしていたカナリーが変われたのは、彼のおかげだ。

昔はただ魔術の研究ができていれば幸せだったが、今はそれに目標ができたのだ。

フィデルと共にありたい。彼が大事にしている領地を、カナリーも大事にしたい。

ペペトのため、フィデルのために、自分の知識を使いたい。

周囲に認められたいから国家魔術師を目指すのではなく、誰かを幸せにするために魔術を研究したい。

この考えの変化は、カナリーにとって心地よいものだった。

前よりもずっと、自分のことが好きになれた気がするのだ。

「だから、私の夢を奪ったなんて思わないでください。フィデルに出会って、私の夢は変わったんです。それに、これからも魔術の研究は続けるつもりですから！」

せっかくペペトの屋敷に研究室を作ってもらったのだ。転移魔術も改良していきたいし、まったく別の魔術も開発してみたい。

「そうだな。君がしたいことは、私がすべて叶えてみせる」

「そんなこと言ったら、どんどん研究費がかさんじゃいますよ？」

「気にするな。宝飾品を買うよりもずっと有意義な金の使い道だ。何が欲しい？　転移魔術が認められた祝いに何でも贈ってやるぞ」

フィデルの言葉に、今まで手が出せなかった素材の数々を思い浮かべて、カナリーは興奮した。

素材によっては宝飾品よりも高価なものもあるのだが、この様子だと強請《ねだ》れば買ってもらえそうだ。

アナに扮《ふん》したときに装飾品を買ってもらった何倍も嬉しい。

「ほ、欲しいものリストを作成します」

とはいえ、すべてを強請《ねだ》って、ペペトの財を空にするわけにはいかない。今後の研究との兼ね合いも考えながら、しっかりと吟味しなくては。

目を輝かせるカナリーを見て、フィデルの唇が綻《ほころ》んだ。

「君はやはり、研究のことを考えているのが一番楽しそうだな。ただ、リストを作るのは舞踏会が終わってからにするように」

そうだった。このあとはまだ舞踏会があるのだ。

ドレスの準備はしたが、そういう場はどうしても身構えてしまう。

「質問会を無事に終えたんです。舞踏会はもう出なくてもいいのでは？」

「陛下から転移魔術について通知があるだろうからな。それに、私はドレス姿の君と踊りたい」

とろりと甘い顔で誘われて、カナリーもまんざらではない気分になる。

「足を踏んでも、怒らないでくださいね」

ダンスは習ったが、披露した経験はほとんどなかった。

レッスンの記憶も薄れてしまって、きっと不格好にしか踊れない。

「心配するな。上手くリードする」

舞踏会は憂鬱《ゆううつ》だけれど、盛装したフィデルと踊れるのは少し楽しみかもしれない。


お城のボールルームは、カナリーが今まで見たどの場所よりも煌《きら》びやかだった。

中央には豪奢《ごうしゃ》なシャンデリアが吊り下げられて、それを囲むように小さな照明がぶら下がっている。磨き上げられた床にその光が反射して、部屋全体が眩《まばゆ》く輝いているように見えた。壁には美しい彫刻が並び、楽団が奏でる優雅な音楽が室内に満ちている。

部屋の豪華さに負けないくらい、そこに集《つど》った人々もまた煌《きら》びやかだった。色とりどりのドレスが目を引いて、見ているだけで華やかだ。

国中の貴族が集まっているのだから当然だが、今までにない規模の夜会と言える。

「カナリー、大丈夫か？」

思わず気後れしてしまったカナリーの腰に、フィデルの手が添えられる。

その声に力をもらって、カナリーは背筋を伸ばした。

「大丈夫です、頑張れます」

目が合うと、フィデルは小さく笑みを浮かべた。

夜会のために盛装した彼は、珍しく前髪を撫でつけていた。普段は前髪で隠れがちな美しい赤い目がよく見える。

「その髪型もよく似合っていますね」

「あまり目を見せるのは好きではないのだが……そのドレス、私の瞳の色に合わせてくれたんだろう？」

ドレスに合わせるためにヘアスタイルを変えたのだと分かって、急に顔が熱くなる。

薄紅色を基調としたカナリーのドレスには、レースやリボンの一部に差し色としてフィデルの瞳の色が使用されている。ほとんどルルが決めてくれた中で、唯一カナリーが選んだ色だ。

さらにスカートの途中から、同じ色で見事な花柄の刺繍《ししゅう》が施《ほどこ》されていた。

小柄で細身なカナリーだが、スカートにボリュームを持たせることで体型にメリハリが出てふっくらと見える。

アナの化粧を落として、カナリーだと分かる程度に化粧し直した顔は、ハッと目を留めてしまうような美しさがあった。

「とてもよく似合っている。綺麗だ」

「ありがとうございます。フィデルも素敵です」

フィデルが胸に挿《さ》したチーフは、カナリーの瞳に合わせた緑色だ。こうして互いの色を纏《まと》うと、夫婦なのだという実感が湧いて嬉しい。

やはりフィデルの色彩は目立つようで、時折不躾《ぶしつけ》な視線が向けられるが、ふたりでいれば周囲の視線などあまり気にならなかった。

「パスカルは来ていないようだな」

「さすがに恥ずかしくて、参加できなかったんじゃないでしょうか」

陛下と貴族達が見守る中、全裸で転移してしまったのだから当然だろう。もしくは、あのあと陛下から謹慎を言い渡されたのかもしれない。

何にせよ、顔を合わせなくて済んだのは幸いだ。

ホールの隅で周囲を観察していると、会場の空気が変わった。どうやら陛下が登場したようだ。その歩みに合わせて、波のように騒めきが引いていく。

陛下は定型通りの挨拶《あいさつ》を述べたあと、集まった貴族達にいくつかの通達を行った。

先日行われた大きな会議で決まったことや、代替わりがあった貴族の紹介を終えてから、陛下は転移魔術について触れた。

「トバリース国に新しい魔術がもたらされた。すでに噂を聞いている者もいるかもしれないが、ペペト領が転移魔術の開発に成功したのだ。導入時期は未定だが、今後この魔術はトバリース国内外の流通に大きく貢献することであろう」

　この発表に会場がどよめいた。ラーランドで開発されたのではなかったのか、という疑問の声も聞こえてきたところを見ると、どうやら裏でパスカルが噂を流すなどの工作をしていたようだ。

　噂が定着する前に、陛下がペペトの功績だと公言してくれて良かった。

「また、転移魔術の開発に貢献した者の功を称え、新たに国家魔術師を任命する。カナリー・ヴァランティス、前へ」

　直々に名を呼ばれて、カナリーは目を丸くした。

　今、陛下は国家魔術師の資格を与えると言わなかっただろうか。カナリーはそれを不要だと断ったはずなのに。

「カナリー、前へ」

　耳元で囁《ささや》かれたフィデルの声で、カナリーは正気に戻る。陛下に名を呼ばれたのを無視するわけにはいかない。

　ホール中に注目されながら、カナリーはゆっくりと陛下のもとへと歩く。

「あれが、ヴァランティス夫人？」

「見たことがない顔だな。たしか、バラチエ家のご令嬢だったか。地味な令嬢だと聞いていたが、美しいではないか」

「魔術狂いと聞いていたが、彼女が転移魔術を？」

「女性が国家魔術師だと？　前例がないぞ」

こそこそと話をする声が耳に届く。

好奇の視線の中、陛下の前に立ったカナリーは、スカートを摘まんで深い礼を執った。

「カナリーよ。宰相とも話した結果、やはり君には国家魔術師の資格を与えることにした。ただ、君は女性でヴァランティス伯爵を支える立場だ。ゆえに、特例として実務を免除とする」

国家魔術師は、文字通り国家に認められた魔術師だ。

そのほとんどは魔術塔に勤めるか、騎士団の魔術部隊など国家を支える要職に就いている。

もちろん、事情があって各地に散っている者もいるが、基本的には国に貢献する義務があった。

その実務を免除するということは、カナリーは国家魔術師の資格を得ても、魔術塔で働く必要はないということだ。

ペペトにいたいというカナリーの意思を汲んでくれたのだろう。

「もちろん、資格があれば魔術塔に立ち入れる。研究で困ったことがあれば相談に来なさい」

「多大なご配慮をいただき、ありがとうございます」

カナリーは深く礼をしたまま、感謝を述べた。

絶対に無理だと思っていた国家魔術師になれた上に、このままフィデルの側で研究し続ける許可も得られた。これ以上の喜びがあるだろうか。

「カナリー殿、こちらを」

陛下の隣に立っていた宰相が、一歩前へ出て手に持った小さな箱を開けた。そこには、銀色に輝く国家魔術師の記章が収められている。

カナリーは親指大の小さな記章を手に取ると、ドレスの胸元につけた。

「新しい魔術師の誕生に、拍手を！」

陛下の声が響き、少し遅れて拍手の音が部屋に満ちる。

初の女性国家魔術師。このホールにいる全員がそれを受け入れてくれたわけではないだろう。だとしても、これはとても大きな一歩と言える。

カナリーは誇らしい気持ちでその音を受け入れた。


陛下の長い挨拶《あいさつ》が終わるとホールには音楽が流れ、人々が気軽に歓談を楽しむ時間となった。

カナリーの胸に光る記章を見つめて、フィデルは誇らしげな笑みを浮かべた。

「カナリー、おめでとう」

「ありがとうございます。でも、いいんでしょうか……」

自分が国家魔術師になっただなんて、まだ信じられない。

カナリーは魔術研究所で働くことを断ったし、宰相も初めは女性に国家魔術師の資格を与えることを渋っているように見えたのに、どうしてだろうか。

「色々な判断があったのだろうと思う。君に勲功を与えない場合、私かペペトに対して代わりの何かを与えなければいけない。だが、ペペトは今後、ガハールの取り引きで力をつけるのが目に見えているからな。褒賞の加減が難しいと考えたのも一因だろう」

なるほど。フィデルに褒賞を与えるよりは、カナリーを国家魔術師にする方が簡単だったわけだ。

カナリーは研究所で勤務することを望まなかった。そうであれば、女性を国家魔術師にしても、現場の混乱は少ないと考えたのかもしれない。

「フィデルの影響もあったと思いますよ。未来の女性魔術師の希望のためにって。私、あの言葉を聞いて感動しましたから」

国にどんな思惑があったにしても、こうしてカナリーが国家魔術師になれたことは、今後魔術師を目指したい女性の希望になるはずだ。

まだまだ開かれた道だとは言えないが、魔術師を志《こころざ》す女性が少しでも楽になれればと思う。

カナリーがしみじみしていると、背後から声をかけられた。

「カナリー、久しぶりね」

「健勝そうで何よりだ、カナリー」

「お母様、お父様！」

振り返った先にいたのは、カナリーの両親だった。

今日の夜会には国中の貴族が集まっているので、当然彼らも参加していた。

数カ月ぶりに会うふたりは、どこか気まずそうな表情を浮かべている。

「先ほどの陛下のお言葉、私達も聞かせてもらったよ」

「本当に驚いたのよ。まさか、陛下直々にあなたの名前が呼ばれるなんて。しかも、転移魔術を開発した功績で、初の女性国家魔術師になるなんて……」

母にとって、カナリーはずっと悩みの種の問題児だった。

部屋にひきこもり続けて、少しも貴族女性らしくならないカナリーに、彼女は困り果てていたことだろう。

そんな娘が国王陛下から言葉をかけてもらったのだ。彼女の驚きはどれほどのものか。

「ごめんなさい、カナリー。私はもっと、あなたを信じてあげるべきだったのね」

「お母様？」

母に頭を下げられて、カナリーは慌てる。

魔術の研究をやめろと、何度言われたか分からない。長年集めた魔術関連の本を売り払われたときは、両親を恨んだりもした。

けれど、カナリーに彼女を責める気持ちはない。

「お母様は、貴族女性として当然の行動をしていたと思います」

「そうね。でも、母親としては、失格だったかもしれない」

母は着飾ったカナリーをじっと見つめた。

実家を出てから、カナリーの生活はかなり変わった。

研究ばかりの日々ではあるが、ルルのおかげで食事をとりそびれることはなくなったし、夜も時間通り眠るようになった。

その結果、やせ細ったカナリーの身体は丸みを帯び、荒れ放題だった髪の艶《つや》も良くなっている。

今はきちんと化粧もしているので、別人のように見えることだろう。

「ずっと、あなたの将来が心配だったの。嫁いでからも、本当に上手くやっていけるか不安だったわ。でも、あなたは私が思っていたよりもずっと幸せそうで、しかも嫁いだ先で夢を叶えて……すべて私の考えすぎだったようね」

しみじみと告げる母の顔は慈《いつく》しみに満ちていた。

「お母様が私にしてくれたことは、無駄だったと思いません。嫌がって逃げていた礼儀作法の勉強もダンスのレッスンも、受けていて良かったと今になって本当に感謝しています」

無理にでも教育を受けさせてくれたから、陛下の前でも最低限の礼を執ることができた。

フィデルの妻として胸を張って生きていくには、どれも必要な知識だったのだ。

「あなたがダンスのレッスンを受けて良かったと言うなんて……変わったのね」

魔術が好きだという根っこの部分は変えられないが、他にも大事なものができたのは、すべてフィデルに出会えたおかげだ。

母がじっとカナリーを見つめる隣で、父はフィデルへと向き直った。

「ヴァランティス伯爵。娘を大切にしてくださって、本当にありがとうございます」

感謝の言葉を告げて、父はフィデルに深く頭を下げる。

「カナリーは、どこに嫁いでも上手くやれないと思っていました。お恥ずかしい話ですが、貴族としての嗜《たしな》みを身につけず、魔術にばかり傾倒する娘を、私達は扱いかねていたんです。このままではいけないと叱ってばかりいたからか、バラチエ家にいたカナリーは笑顔を見せず、ずっと窮屈そうでした」

父は一度言葉を区切ると、カナリーをまじまじと見つめた。

「ですが今、あなたの隣にいるカナリーはとても幸せそうな顔をしています」

穏やかに微笑む父を見て、カナリーは胸がいっぱいになる。

父も母も、カナリーを憎んでいたわけではなかったのだ。

その証拠に、今こうしてカナリーと向き合うふたりの目は、愛情に満ちている。

「バラチエ子爵、夫人。カナリーを妻にできたことは、私の人生で最大の幸運です。生涯をかけて、彼女を幸せにすると誓いましょう」

フィデルの言葉を受けて、ふたりは安堵した顔で微笑んだのだった。


フィデルに礼を言って去っていく両親を見送って、カナリーはなんだか不思議な気持ちになっていた。ようやく自分を認めてもらえて、長年の飢えが満たされた気がする。

「両親と分かり合える日なんて来ないと思っていたんです。だって、私はずっと叱られていましたから。国家魔術師の肩書きってすごいんですね」

国に認められ、確たる地位を得ると、こんなにも状況が変わるのだろうか。

カナリーの呟《つぶや》きに、フィデルは首を左右に振る。

「それだけではないだろう。成長した今の君を見て、考えを変えたのだと思う」

昔のカナリーなら、そもそもこんな夜会には来なかっただろう。ボサボサの頭のまま、昼も夜も研究を続け、自分の好きなことしかやらなかった。だからこそ余計に、両親はカナリーを矯正しなければと必死だったのだ。

思えば、カナリーもずっと意固地になっていた。両親の言葉に真っ向から反発するのではなく、お互いの妥協点を見出しながら魔術の研究を続ける道を選べば、ここまで拗《こじ》れなかったのかもしれない。

そんな風に思えるようになったのも、きっとフィデルのおかげだろう。

フィデルはしんみりしているカナリーの腰を引いて、手を重ね合わせた。

「さて、少し踊ろうか。せっかく君とダンスできる貴重な機会を逃したくない」

「お手柔らかにお願いします」

カナリーは緊張しながらフィデルの手を取り、音楽が切り替わったタイミングでホールの壁から移動する。

ダンスなんて、幼少期に叩き込まれて以来だ。どうにか記憶をたどりながら、おぼつかない足でステップを踏んでいく。

(ええっと、たしか次は足を引いて……)

カナリーがもたもたと踊っていると、フィデルが腰を抱く手に力をこめた。

「カナリー。何も考えず、音楽に合わせて身体を揺らすだけでいい」

「え、でも……」

「大丈夫だ。ダンスは楽しむものなのだから」

フィデルの言葉で、身構えていた心と身体が柔らかくなった。

カナリーを支えながら踊るフィデルは楽しげで、カナリーもなんだか心が弾んでくる。

（難しく考えなくていいのかも）

言われた通りステップを忘れて、カナリーはフィデルに身を任せる。すると不思議なことに、彼に釣られて身体が勝手に動くのだ。

軽快なワルツに合わせてくるりと回れば、なかなか上手いとフィデルが褒めてくれる。

「もしかして、ダンスって楽しいのかもしれません」

「そうだな。私も君と踊るのは、思った以上に楽しい」

夜会もダンスも大嫌いだったはずなのに、自然と受け入れられるなんて思わなかった。今まで大嫌いだったことでさえ、彼と共にいれば楽しいのだから本当に不思議だ。

フィデルはいつだって、カナリーに新しい気づきをくれる。

彼の側にいれば、きっとこれからもカナリーは素敵な毎日を過ごせるのだろう。

終章　その後のペペトとヴァランティス夫妻

生誕祭から三カ月が経過した。ペペトの街はかつてない賑わいに満ちている。

国の主導で転移魔術による物流ルートを作ることになり、それにともなって大量のガハールが必要になったからだ。

今まで取り引きされなかった素材が高値で売れるため、猟師や商人は喜んで仕事に精を出している。安定して供給できるように、ガハールを栽培していこうという計画も持ち上がっているのだとか。

また、交通の問題も解決した。

ラーランド領に監査が入った結果、パスカルが行ったいくつかの政策が見直されて、橋に設置された関所が撤廃されることになったのだ。

パスカルは領主の資質を疑われ、ラーランドには国から相談役が派遣されることになった。

それは実質監視役であり、パスカルは跡継ぎが成人すると同時に爵位を譲るよう命令を受けたのだそうだ。

この日、フィデルとカナリーは、街の中央にある新しい建物に向かっていた。

ここは転移舎といって、他領や王都へ繋《つな》がる転移魔術陣が設置される予定の建物である。先日仕上がったばかりで、魔法陣が刻まれているのもまだひと部屋だけだ。

王都へ繋《つな》がる転移魔術陣は今朝設置され、これからそれが上手く稼働するのかテストを行うことになっている。

「それにしても、ペペトが転移魔術で繋《つな》がる初めの街になるなんて驚きましたね」

トバリース国には大きな街がいくつも存在する。

てっきり大都市を繋《つな》ぐ転移魔術陣が優先されるかと思っていたのだが、第一号に選ばれたのはペペトだった。

「ここには開発者である君がいるからな。不具合があればすぐに確認できるし、何かあるたびに早馬を出すと手間がかかると思ったからではないか？」

生誕祭が終わったあとも、しばらく王都に残らないかと引き留められた。

けれども、カナリーは何か起きればすぐに王都へ出向くからと、無理を言ってペペトへ戻ってきたのだ。

「私が理由というよりは、ペペトにはガハールがあるからだと思いますよ」

転移魔術を各地に広げるにはガハールが必須だ。だから、その生産元であるペペトが選ばれたのだと、カナリーは考えている。

転移魔術が今後増えていくことは目に見えているので、ガハールを得ようと様々な領地がペペトとの取り引きを狙っている状態だ。

たくさんの商談を持ちかけられて、フィデルの仕事も格段に増えていた。

「ペペトが発展するのは喜ばしいですが、フィデルが忙しくなってしまうのは少し寂しいですね」

「それは私の台詞《せりふ》だな。王都から何度、君を求める手紙が届いたか。転移陣が本格的に稼働し始めたら、もっと頻繁《ひんぱん》に呼び出されるのではないか？」

「まさか。この転移陣が無事に開通すれば、あとは量産するだけなので、私への問い合わせも減ってくると思いますよ」

「そうだといいのだが」

フィデルは不満そうだ。魔術塔に行くのは新しい知見を得られて楽しいのだけれど、時々こうしてフィデルが不機嫌になる。

どうやら、カナリーが魔術師達と専門的な話題で盛り上がっているのが面白くないらしい。

中でもフィデルは、ヘンリクを警戒しているようだった。

ヘンリクは転移魔術の打ち合わせでペペトにも来たことがあるのだが、そのときに魔術の話題で大いに盛り上がってしまったのが良くなかったのだろう。

嫉妬してくれるのは嬉しいのだが、夫を不安にさせるのはカナリーも本意ではない。

「ヘンリクなんて、私に向かって君のような妻が欲しいと言ったんだぞ。気をつけてくれ」

「ヘンリクさんは魔術馬鹿なので、ただ単に自宅に帰っても研究の話がしたいだけですよ」

たしかに求婚めいた言葉を言われたことはあるが、同類だからこそ分かる。あれは、異性として意識されているわけではない。

魔術塔の住人は所長のヘンリクも含めて、三度の飯よりも魔術が好きな人間ばかりが集まっている。今は転移魔術の研究に夢中で、その開発者であるカナリーに何かと質問したいだけだ。決して、女性としてどうこう思っているわけではない。

カナリーはそう説明するが、フィデルはヘンリクへの警戒を解かない。

「どうだかな。君はできるだけ、彼とふたりきりにならないように」

フィデルはカナリーに注意すると、転移舎の最終チェックに入った。

カナリーも刻まれた魔法陣に間違いがないかを再確認し、フィデルと並んで陣の中央へと立つ。

魔力を流せば魔法陣は起動するが、ここでは誰でも使用できるように魔石を使うことになっている。

魔法陣の中央に設置された台座に魔石を置くと、魔法陣が起動して一瞬で景色が切り替わった。

転移先は王都に作った転移舎である。テストを行う時間はあらかじめ伝えてあったので、部屋の中にはカナリー達が来るのを待ち構えていたヘンリクがいた。

「おお、どうやら無事にテストは成功したようですね！」

予定通り転移してきたカナリー達を見て、ヘンリクは興奮した様子で駆け寄ってくる。

返事をする前に、フィデルが遮《さえぎ》るようにカナリーの前に立った。

「ごきげんよう、ヘンリク殿。所長が自《みずか》らお出迎えとは、魔術塔は暇を持て余しているのですか？」

「とんでもない。ですが、今日は初めて転移舎が稼働する日です。私が直接確認しなければと、予定を空けておいたのです」

「ご覧の通り、ペペトからの転移は成功いたしました。次は王都から問題なく転移できるか試させていただきます」

ペペトから王都への転移が成功しても、逆も同じように転移できなければ意味がない。

転移舎は、出発する部屋と到着する部屋が別々に分かれている。カナリー達が転移室へ移動すると、当然のようにヘンリクがついてきた。

「ヘンリク殿、魔術塔に戻らなくてもいいのですか？」

「今日は転移魔術のために時間を空けておりますから。ペペトまで同行して、そちらの転移舎も確認させてもらいますよ」

ヘンリクが共に来るのだと知って、フィデルは少しだけ嫌そうに顔を顰《しか》める。

「では、手短に済ませることにいたしましょう」

王都の転移舎はペペトのものよりも豪奢《ごうしゃ》な造りになっていたが、ガハールの匂いが満ちた転移室はペペトのものと大差ない。

こちらの魔法陣を描いたのは魔術塔の魔術師だ。カナリーはペペトと同じように、魔法陣に途切れや間違いがないかを確認する。

「魔法陣に問題はなさそうですね」

「そうでしょうとも。こちらは我々が設置に立ち会っておりますから」

誇らしげに胸を叩くヘンリクの隣をすり抜けて、フィデルは魔法陣の中央へと移動する。

「カナリー、ペペトに戻るぞ」

「あ、待ってください」

「私も共に！」

ヘンリクがカナリーの隣に並んだのを見て、フィデルはスッとふたりの間に割り入るように立ち位置を変える。

ヘンリクを意識しまくっているフィデルを見て、カナリーは苦笑した。当のヘンリクはフィデルの感情には無頓着で、転移の期待に目を輝かせている。

ヘンリクとカナリーが魔法陣に乗ったのを確認して、フィデルは魔石を台座に置いた。

少しの浮遊感のあとに、カナリー達はペペトの転移舎へと戻っていた。

双方の転移を試し、問題が見つからなければ確認は終わりである。

「どちらの転移舎も大丈夫そうですね。無事に転移できて安心しました」

長期間かけた大きな仕事がひと段落ついて、カナリーはほっと息を吐き出した。

転移舎が本格的に稼働すれば、ペペトもこれから発展していくことだろう。

まだ他の都市にも転移舎を作らなければならないが、ひとまずカナリーの仕事は終わった。

「本当に画期的ですね。普通に移動すれば二日は必要になる距離が、こうして瞬時に移動できるようになるなんて」

ヘンリクは浮かれた様子でペペトの転移舎を見て回った。こちらの転移室ではガハールの香が置かれた位置が、王都と違っているのを目ざとく見つける。

「カナリー殿、こちらではガハールの香がずいぶんと高い位置にあるようですが」

「はい、そうなんです。ガハールの香は寒いと下の方向に流れるんですが、ペペトは王都よりも気温が低いので、香炉を部屋の上部に設置したんですよ」

ヘンリクに説明すると、彼は興奮した様子でぐいっとカナリーに顔を近づけた。

「なんと！　ガハールにそんな特徴が!?」

「ヘンリク殿。妻から少し離れていただきたい」

カナリーの肩に掴みかからんばかりの勢いのヘンリクを、フィデルが背後から引きはがす。

「これは失礼。それで、カナリー殿。ガハールの香は寒いと下に流れるとのことですが、それはつまり、ガハールに含まれる物質の重さが気温で変化するということではないでしょうか」

失礼と言いながら、ヘンリクはフィデルに見向きもせずにカナリーに向かって喋《しゃべ》り続ける。

カナリーもその問題について話したい気持ちはあったが、苛立《いらだ》ったフィデルの顔を見て口を噤《つぐ》んだ。

「ヘンリク殿、まずはペペトの転移陣の確認をしなければならないのでは？」

カナリーが指摘すると、ヘンリクはハッとしてから、残念そうに肩を落とした。

「ああ、そうでした。先に仕事を終わらせないと。あと、せっかくペペトに来たのですから、ガハールの木も見ておきたいですね。ガハールの性質について語り合うのはその後で……」

ヘンリクは名残《なごり》惜しそうにちらちらとカナリーを見る。

フィデルはカナリーとヘンリクの間に身体を割り込ませ、ジロリとヘンリクを睨みつけた。

「残念ながらヘンリク殿。次の予定がありますので、私とカナリーは屋敷へ戻らなければなりません。ガハールについては後日、質問状を送ってください」

「ええっ、そんな！　せっかくペペトまで来たんですよ!?」

「ペペトに来たのは転移陣の確認のためですよね？　ガハールの見学については、案内人を手配いたしますので、カナリーは必要ありません」

これ以上、カナリーに近づくのは許さないという態度で、フィデルはぐいっとカナリーの肩を抱く。

「それでは、我々は失礼いたします」

有無を言わせず会話を打ち切って、フィデルはヘンリクを置いて転移舎をあとにした。

屋敷へと戻る馬車に乗り込むと、フィデルはカナリーの正面ではなく隣に腰を下ろす。

「フィデル、次の予定なんてありませんよね？」

もし転移舎で問題が発生した場合、そのまま対処できるよう、今日は確認の予定しか入れていなかったのだ。

嘘を言ってヘンリクを置いてきたことを指摘すると、フィデルはむっと眉を寄せる。

「ヘンリクと共にいたかったのか？」

「そういうわけじゃないですけど、嘘は良くないなぁ、と」

「嘘ではない。このあとの予定はちゃんとある」

どういうことかと目を瞬《またた》かせるカナリーの頬に手を添えると、フィデルはゆっくりと顔を近づけた。

「んっ……」

柔らかな唇が重なり、口内に舌を押し込まれる。

くちゅりと音を立てて舌を絡ませ、ねっとりと上顎を舐めとってから、彼は熱っぽい目でカナリーを見下ろした。

「跡継ぎを作るというのも、立派な予定だろう？」

そう言って、彼は再びカナリーの唇を奪った。


屋敷へ戻るやいなや、フィデルはカナリーを抱えて寝室へと移動した。

まだ日の高いうちから寝室にこもるなんてという罪悪感もあったが、ルルを始め屋敷の人間は気にした様子もなく、温かい目でカナリー達を見送っている。

フィデルはカナリーをベッドに下ろすと、唇を重ねながら衣服を脱がしていく。

「っン……ふぅ……ンぅ」

ドレスの紐を解《ほど》き、露《あら》わになった肌にフィデルは指を這わす。

彼の指は燃えるように熱く、触れられるたびにドキドキと鼓動が速まっていった。

「こうして君を抱くのは久しぶりだな」

「このところ、忙しかったですからね」

同じベッドで眠ってはいるものの、最近はお互いに夜遅くまで仕事をすることが多く、こうして抱き合える回数が減っていたのだ。

ペペトの発展のために仕事が増えるのは大歓迎だが、フィデルと触れ合えないのは少し寂しいと思っていた。

「君の実力が認められるのは喜ばしいが、私の妻なのだということを忘れないでくれよ。たまには独占させてほしい」

独占欲を露《あら》わにしながら、彼はまろび出た胸元に口づけを落としていく。

強く肌に吸いつけば、彼のものだという証《あかし》の赤が残った。

「たまにじゃなくて、いつだって独占してほしいです」

強く求められるのは嬉しい。フィデルに必要とされることは、カナリーの喜びだ。

胸元に増えていく赤い跡をうっとりと見つめて、カナリーもフィデルの衣服を緩《ゆる》め、その胸元に吸いついた。

硬い胸板に残った赤色を、カナリーは愛おしげに指でなぞる。

「私はフィデルのもので、フィデルも私のもの。そうですよね？」

「その通りだ。私達は夫婦なのだから」

互いの肌に残る所有の証《あかし》に満足げに頷いて、フィデルはカナリーの残りの衣服を取り去った。

剥《む》き出しになった臍《へそ》や下腹部にもキスをしながら、彼の唇はどんどん下がっていく。

やがてそれは茂みを分け入ると、カナリーの中心部へと到達した。

「フィデル？　……あァっ、んッ！」

突然の刺激にカナリーが驚いていると、フィデルは割れ目に舌を這わせて愛撫し始めた。

フィデルのざらりと熱い肉厚の舌が、カナリーの最も敏感な箇所を撫でる。

未知の感覚に耐えきれず、カナリーは咄嗟《とっさ》に足を閉じようとした。

「カナリー、逃げるな」

フィデルはカナリーの太ももを掴んで、ぐいっと左右に押し開く。間に身体をねじ込まれてしまっては、これ以上足を閉じることもできない。

抵抗を封じられて、カナリーは弱った顔をした。

「だって、こんな場所を舐めるなんて……」

「駄目か？」

「駄目に決まって……あッ、ひぃンっ、ァああッ！」

拒絶したのに、フィデルは構わず舌を使ってカナリーを攻め続ける。

秘すべき場所を間近で見られたあげく、舌で舐められてしまうなんて。

恥ずかしくて耐えられないと思うのに、腰の奥が震えるほどの強い快楽が身体を苛《さいな》んで、あらぬ声を上げることしかできない。ぴちゃぴちゃと秘部を舐めるいやらしい音を聞いているうちに、強すぎる快楽でカナリーの羞恥《しゅうち》も思考も溶かされていく。

「ひゃァ……ふぅ、ぅンン……あぁんッ！」

「それは、駄目という反応ではないな」

腰をびくびくと震わすカナリーを見て、フィデルはさらに激しく攻める。

敏感な尖りに唇で吸いつくと同時に、中央のぬかるみに指を差し込んだ。

内側を指で刺激され、同時に花芯を舌で弄《いじ》られるという複雑な刺激に耐えられるはずもなく、カナリーはすぐさま陥落した。

「あっ……ひぃン、あっ……気持ちいい……あぁッ」

ぎゅっとシーツを掴んで、何度も腰を跳ね上げる。

蜜口からはどろどろと愛液が溢れ出て、シーツに零れそうになったそれを、フィデルが丁寧に舐めとった。

「すごいな。舐めても舐めても、溢れてくる」

フィデルの口元は、唾液と愛液が混ざったものでぬらぬらと光っている。

「私の指を必死で咥えて……こうして間近で見ると、君の身体はとても卑猥で美しい」

「っ、解説しないでください！」

秘所が今どうなっているかなんて、フィデルに言われるまでもなく自覚していた。あまりの気持ち良さに、身体がすっかり高められてしまっていることも。

もっと刺激を与えてほしい、もっと彼が欲しいと、子宮が疼《うず》いて訴えている。

「そうだな。喋《しゃべ》るのではなく、味わうとしよう」

「ひっん……アッあ……ああァン……ひッ！」

フィデルは再びカナリーの股に顔を埋《うず》め、丁寧にそこを舐めとる作業へと戻る。

じゅるりと音を立てて花芯に吸いつかれては、もう快楽に抗うことなどできない。

熱くぬるりとした舌の感触に翻弄《ほんろう》されて、あっという間に高みへと上りつめる。

「フィデル、もう……駄目……イっちゃう……あああっ！」

それは、いつもより深い絶頂だった。頭の奥が真っ白になって、お腹の奥にぎゅっと力がこもる。媚肉がぎゅうぎゅうと彼の指を締めつけて、カナリーの秘部から、ぷしゅっと透明な液体が小さく噴き出した。

「あっ、やだ、ごめんなさいっ！」

体液でフィデルの顔を汚してしまって、カナリーは咄嗟《とっさ》に謝罪した。

けれど彼は気にした様子もなく、満足そうな様子で頬に付着した液体を指で拭う。

「謝る必要はない。これは潮と言って、快楽を極めると自然と出てくるものだからな。それに、こうして乱れる君を見られるのは私の特権だ。もっと見せてくれた方が私も興奮する」

その言葉の通り、彼の下腹部は衣服越しでも分かるほどすっかり硬く立ち上がっていた。

自分の身体でフィデルが欲情しているという事実が嬉しく、早く彼と繫《つな》がりたいという気持ちが湧いてくる。

フィデルに触れたい。その感情のまま、カナリーは彼の衣服へと手を伸ばした。

脱がせようと積極的に動くカナリーに、フィデルは軽く眉を上げた。

「今日はえらく大胆だな？」

「駄目ですか？」

「いいや、駄目ではない」

フィデルはカナリーが何をするのか楽しみだとばかりに、その行動を見守っている。

カナリーはフィデルの衣服を取り去ると、剥《む》き出しになった彼自身をまじまじと見つめた。

硬く反り返った男根は逞《たくま》しく、これで奥を突かれると、どうしようもなく気持ち良くなるのだと
カナリーはもう知っていた。

彼が欲しいとお腹の奥が切なく疼《うず》く。欲望のままに、カナリーは彼の男根にキスを落とした。

「カナリー⁉」

まさか、そんな場所にキスされると思わなかったのだろう。フィデルが驚いて、狼狽《うろた》えた声を上げる。そんな彼を見るのは珍しく、カナリーはなんだか楽しくなってしまった。

「フィデルでも、そんな顔するんですね」

「君は、ずいぶんと大胆になったな。どこで学んだんだ？」

からかわれたのが面白くなかったのか、フィデルは軽く唇を尖らせる。

親しい人しか見られない表情に、どんどんと彼への愛しさが募っていく。

「全部フィデルからですよ。されたことを覚えただけです」

気が大きくなったカナリーは、今度はフィデルの男根に手を這わす。

熱く太い彼を掌《てのひら》で包み込み、何度か軽く動かすと、フィデルに腕を掴まれて止められてしまった。

「どうしてやめるんですか」

「……こうして肌を合わせるのは久しぶりだからな。君に挿《い》れる前に出してしまっては、格好がつかないだろう」

フンッと鼻を鳴らして顔を背《そむ》けるフィデルを見て、カナリーは是非ともその姿を拝みたくなった。

カナリーに翻弄《ほんろう》されるフィデルなど、滅多にお目にかかれないのだ。

「たまには、格好悪いのもいいじゃないですか」

そう言って彼の中心に触れようとしたが、フィデルの力は強くて思うように手を動かせない。

「残念だが、それを見せるのはまたの機会だ」

「あっ！」

ひきこもりのカナリーが、鍛えているフィデルに勝てるはずがなかった。ベッドに押し倒されて、ひょいと足を持ち上げられてしまう。こうなっては、抵抗することはもう不可能だ。

「酷いです、フィデル」

「君に触れられるのも悪くはないが、それよりも今は早く君とひとつになりたい」

フィデルは入りたいと訴えるように、硬く立ち上がった先端で蜜口を叩く。

するとたちまち挿入時の快楽を思い出して、カナリーの子宮がきゅんと甘く疼《うず》いた。

「どうか、私に君を抱く許可をくれないか？」

そうやって請われれば、カナリーに拒否などできない。

フィデルとひとつになるのは、カナリーも望んでいることなのだから。

カナリーがこくりと頷くと、彼は嬉しそうに笑ってカナリーの中へと割り入った。

「ふッ……ぅん、あンぁぁ……ッ！」

圧倒的な質量に押し開かれて、心地よい快楽が身体を駆け巡る。

すでに慣らされた身体に痛みはなく、親しんだものが帰ってきたような安心感を覚えるほどだ。

愛する人が自分の中にいる感覚。心も身体も満たされて、とても幸せだと感じる瞬間だった。

カナリーが甘やかな幸福に浸《ひた》っていると、フィデルが腰を動かし始めた。

逞《たくま》しい穂先が最奥を突いて、その刺激にカナリーは身体を震わせる。

「あンっ、あッ、はぁ、フィデル……」

フィデルの動きに合わせて、肉のぶつかる音が鳴る。

一定のリズムでベッドが軋《きし》んで、そのたびに強い快楽がカナリーを襲った。

「カナリー」

フィデルが愛おしそうにカナリーの名前を呼んで、きゅっと眉が寄る。

フィデルの乱れた顔がもっと見たくて、カナリーはベッドの上でむくりと上半身を起こした。

「フィデル、私も動いていいですか？」

「いいのか？」

「まだ下手ですけど、やってみたいです」

主張すると、フィデルはカナリーの腰を持ち上げて己《おのれ》の上に座らせた。

下腹部にフィデルの猛《たけ》りを感じながら、カナリーはゆっくりと腰を動かす。

「はっ、んん……あっ」

上下に身体を揺さぶると、緩《ゆる》やかに甘い痺《しび》れが走る。

もっと快楽を得られるように集中していると、フィデルがカナリーの首筋に顔を埋《うず》めた。

チリッと小さく刺激が走って、首元に赤い痣《あざ》が浮かび上がる。

「カナリーの肌は白いから、跡がよく見えるな」

「あっ、フィデル、そんなところに……」

フィデルが跡を残したのは、ドレスを着てぎりぎり隠れるかどうかという場所だった。

「もうっ、誰かに見られたら……あ、んンっ」

「ほら、動くのに集中して」

注意しようとするカナリーを咎めるように、フィデルが下から突き上げる。

その動きに合わせてカナリーが腰を振り始めると、フィデルは再び別の場所に口づけの跡を残す。

鎖骨へ、胸へ、肩へ。服で隠れる場所から、見えてしまいそうなぎりぎりの場所まで、フィデルは執拗に所有の証《あかし》を残していく。

「ふっ、ぁんッ……フィデル、そんなにいっぱい……あっ、そこは見えちゃうから」

「見られて困るものでもないだろう？　恥ずかしいのなら、跡が消えるまでは誰にも会わずに、屋敷から出なければいい」

首元に口づけて、フィデルはニヤリと笑った。どうやら、ヘンリクへの嫉妬がまだ残っているらしい。

困った人だと思いながらも、その独占欲が嬉しい。

「私だけ恥ずかしい思いをするのは、嫌です」

カナリーは仕返しとばかりに、フィデルの首筋に吸いついた。唇で挟んで強く吸い上げると、そこにも赤い跡が残る。

他の場所にも残そうと唇を移動させると、再び下から強く突き上げられた。

「あッ、ひゃァ、んンッ、フィデル！」

「どうした？　もっと跡を残してくれるんだろう？」

身体を穿《うが》たれながらでは、上手くできない。

それでもどうにか頑張るカナリーを邪魔するように、フィデルは今度はカナリーの胸へと手を伸ばした。

きゅっと指先で先端を摘まれると、身体から力が抜けてしまう。

「あんッ、フィデル、それダメ……あっン、やぁッ、ひゃァん……ァあっ！」

膣壁を擦られながら、乳頭を指で転がされてはたまらない。

三つほど跡をつけ終わったところで、カナリーはもうくたくたになってしまった。

「んぅ、はぁ……あッ……もう、私が動くって言ったのに」

カナリーが主導権を握ろうとしても、いつの間にか彼に翻弄《ほんろう》されてしまう。

息も絶え絶えになりながら、カナリーは恨めしげにフィデルを睨んだ。

「君が可愛すぎるのが悪い」

フィデルはカナリーの機嫌を取るように軽く口づける。それだけで悔しい気持ちがすぐに霧散してしまうのだから、我ながら単純だ。

腰砕けになったカナリーの身体を、フィデルは繋《つな》がったままベッドに押し倒した。

「悪いが、もう加減できない」

フィデルはカナリーの太ももを掴むと、大きく割り広げて最奥まで深く己《おのれ》を打ち込んだ。

そのまま激しく打ちつけられて、カナリーは悲鳴のような嬌声を上げる。

「あンぁあっ、ひゃンッ、んァあ……フィデル、ああッ！」

度重なる刺激ですでに昂《たかぶ》っていた身体は、あっけなく限界近くまで追い詰められた。

狂おしいほどの愛を刻みつけながら、フィデルが荒い吐息を吐き出す。

穂先がじゅぶじゅぶとカナリーの蜜壺を出入りすると、ベッドが大きな音を立てて軋《きし》み、フィデルの流した汗がポタリとカナリーの肌に落ちて滑っていった。

もっとひとつに溶け合いたくて、カナリーはフィデルの顔を引き寄せた。

深く唇を重ね合わせて、身体も吐息も混ぜ合わせる。

（愛してる）

互いの想いが重なった瞬間、フィデルがカナリーの中でその塊を吐き出した。

フィデルの愛を受け止めながら、カナリーはそれに応えるように、きゅうきゅうと彼を締めつける。

幸せな絶頂を噛みしめ、縺《もつ》れ合うようにしてベッドに身体を預けると、何度も唇を重ね合わせた。

多幸感に包まれながら、カナリーはフィデルの背に腕を回す。

「フィデル、大好き。愛しています」

愛の言葉を告げると、その返事とばかりに深いキスが落ちてくる。

「私も愛している。誰よりも、何よりも」

カナリーを見つめる赤い瞳はとても優しく、幸せな色に満ちていた。

この瞳を魔物だなんて言った人間が信じられない。

彼の色彩は、カナリーにとって何よりも愛しいものだ。

もちろん色だけでなく、フィデルの声、唇、指、身体のすべてが尊《とうと》く、とても大事に思える。

抱きしめ合いながら、どちらからともなく唇を重ねた。

この愛しくて大切な日々は、きっとこれからも続いていくのだろう。


王国歴二百十五年。トバリース王国に、女性初となる国家魔術師が誕生した。

彼女の生み出した転移魔術は国内だけに留《とど》まらず、周辺国家の流通にも大きく影響を与え、歴史に名を残す。

そんな偉業を成し遂げたにもかかわらず、彼女の人生は大変穏やかなものであった。

王国の片隅にあるペペトの地で三人の子宝に恵まれて、幸せな人生を送ったとされている。

この作品に対する皆様のご意見・ご感想をお待ちしております。

おハガキ・お手紙は以下の宛先にお送りください。

【宛先】

〒150-6019 東京都渋谷区恵比寿 4-20-3 恵比寿ｶﾞｰﾃﾞﾝﾌﾟﾚｲｽﾀﾜｰ 19F
（株）アルファポリス　書籍感想係

メールフォームでのご意見・ご感想は右のＱＲコードから、
あるいは以下のワードで検索をかけてください。

アルファポリス　書籍の感想　検索

ご感想はこちらから

責任《せきにん》を取《と》って結婚《けっこん》したら、美貌《びぼう》の伯爵《はくしゃく》が離《はな》してくれません
大江戸ウメコ（おおえど うめこ）

2024年 12月 25日初版発行

編集－羽藤 瞳・大木 瞳
編集長－倉持真理
発行者－梶本雄介
発行所－株式会社アルファポリス
〒150-6019 東京都渋谷区恵比寿4-20-3 恵比寿ｶﾞｰﾃﾞﾝﾌﾟﾚｲｽﾀﾜｰ19F
TEL 03-6277-1601（営業） 03-6277-1602（編集）
URL https://www.alphapolis.co.jp/
発売元－株式会社星雲社（共同出版社・流通責任出版社）
〒112-0005 東京都文京区水道1-3-30
TEL 03-3868-3275
装丁イラスト－なおやみか
装丁デザイン－ナルティス（尾関莉子）
（レーベルフォーマットデザイン－團 夢見（imagejack））
印刷－中央精版印刷株式会社

価格はカバーに表示されてあります。

落丁乱丁の場合はアルファポリスまでご連絡ください。

送料は小社負担でお取り替えします。


ISBN978-4-434-34996-6 C0093